Inquisiciones

Biblioteca Borges

Jorge Luis Borges

Inquisiciones

El libro de bolsillo
Biblioteca de autor
Alianza Editorial

Inquisiciones fue publicado originalmente en 1925

Diseño de cubierta: Alianza Editorial sobre un diseño de Rafael Celda
Ilustración: El Bosco, *El carro del heno* (detalle)

© 1995 María Kodama
© Alianza Editorial, S.A., Madrid, 1998
  Calle Juan Ignacio Luca de Tena, 15; 28027 Madrid; teléf. 393 88 88
  ISBN: 84-206-3370-4
  Depósito legal: M-19564-98
  Impreso en Artes Gráficas Palermo, S. L. Camino de Hormigueras, 175.
  Nave 11. 28031 Madrid
  Printed in Spain

Prólogo

*La prefación es aquel rato del libro en que el autor
es menos autor. Es ya casi un leyente y goza de los
derechos de tal: alejamiento, sorna y elogio. La prefación está en la entrada del libro, pero su tiempo es
de posdata y es como un descartarse de los pliegos y
un decirles adiós.*

Este que llamo Inquisiciones *(por aliviar alguna
vez la palabra de sambenitos y humareda) es ejecutoria parcial de mis veinticinco años. El resto cabe
en un manojo de salmos, en el* Fervor de Buenos
Aires *y en un cartel que las esquinas de Callao pu-
blicaron. Allá esos borradores y el que verás.*

*¡Veinticinco años: una haraganería aplicada a
las letras! Yo no sé si hay literatura, pero yo sé que el
barajar esa disciplina posible es una urgencia de mi*

ser. Salvo el ambiente del **Quijote,** *del* **Fausto** *criollo y hasta de tu próximo libro (si eres autor) nada conozco que sea digno de una inmortalidad de renombre. Sólo hay éxitos de amistad, de intriga, de fatalismo. Ojalá este libro obtenga uno de ellos.*

Torres Villarroel
(1693–1770)

Quiero puntualizar la vida y la pluma de Torres Villarroel, hermano de nosotros en Quevedo y en el amor de la metáfora.

Diego de Torres nació a fines del siglo diecisiete en una casa breve del barrio de los libreros de Salamanca y creció en la proximidad —no en la intimidad— de los libros, pues éstos escasamente le atrajeron. Fueron sus padres gente ingloriosamente honrada, de larga y quieta arraigadura en el terruño salmantino. De chico fue pendenciero y díscolo; repasó los latines obligatorios de entonces y a los trece años pasó a la Universidad, de cuyo estudioso fastidio le desvincularon después audaces travesuras, que eran linderas con calaveradas posibles. Volvió a su casa y aprovechó un

atardecer para escaparse de ella y de la medianía
y encaminarse campo afuera, rumbo al Oeste.
Alcanzó tierra lusitana y sucesivamente fue en
ella aprendiz de ermitaño, curandero, maestro de
danzar, soldado y finalmente desertor. Las per-
suasiones de la nostalgia lo devolvieron a su patria y a la serenidad familiar. Se adentró luego en
el estudio de los diversos ramos de la alquimia, la
mágica y la astronomía y dio a la prensa alguna
adivinación y almanaque. Obtuvo una cátedra
que dejó a los dos años de ejercerla y vagamundeó
por la corte, padeciendo hambre duradera, hasta
que un médico se compadeció de su estado y le
franqueó su mesa y sus libros. Una dichosa coincidencia lo acreditó de astrólogo y sus almana-
ques —rellenos de metáforas y de coplas y acomodados igualmente, por su dejo burlesco, a la
incredulidad alegre y a la superstición vergonzante— se difundieron por Madrid. Le abochor-
nó su propio renombre y determinó volver a su
patria, donde ganó por oposición la cátedra de
geometría, en la que ofició dignamente, sin otra
genialidad que la de arrojar a un chistoso un gran
compás de bronce, gesto que puso en los especta-
dores, según él mismo narra, miedo reverencial.
Una ofensa inferida a un clérigo lo extrañó de
Castilla y en Portugal sobrellevó tres años de to-

lerable destierro, que una enfermedad agravó y
que aliviaron la conversación y el amigable trato
de caballeros portugueses. A su vuelta, pudo recabar el amparo de la duquesa de Alba. Ya una
anchurosa gloria de escritor era suya, gloria no
atestiguada en fraternidad de colegas o rendimiento de discípulos, pero sí luciente y sonora en
los doblones que le granjeaba su pluma. Cuarenta años contaba a esta sazón y vivió treinta más,
sin otras aventuras que las serenas de amplificar
su obra, de leer a Kempis, a Quevedo y a Bacon y
de sentirse vivir en la maciza certidumbre del
contemporáneo renombre y en la eventualidad
de una futura fama.

Fue de manifiesta llaneza en la habitualidad de
su trato: comió de un mismo pan que sus criados, no despidió jamás a ninguno ni en el vestir se
apartó de ellos.

He logrado los hechos anteriores en su autobiografía, documento insatisfactorio, ajeno de
franqueza espiritual y que como todos sus libros,
tiene mucho de naipe de tahúr y casi nada de intimidad de corazón. Sin embargo, hay en ella dos
excelencias: su aparente soltura y el ahínco del escritor en declararse igual a cuantos lo leen, contradiciendo el desarreglo de la agitada vida que
narra y la jactancia que quiere persuadirnos de

únicos. Quiso examinar Villarroel la traza de su
espíritu y confesó haberlo juzgado semejante al
de todos, sin eminencias privativas ni especial
fortaleza en lacras o cualidades: desengaño que
no alcanzaron ni Strindberg ni Rousseau ni el
propio Montaigne. Esa abarcadora y confesa vul-
garidad de un alma, es cosa que conforta.

Su obra —breve en el tiempo, pues hoy está ol-
vidada con injusticia— fue larga en el espacio y la
incompleta edición póstuma hecha en Madrid
por los años de 1795 la reparte en quince volúme-
nes. Todas las cosas y otras muchas más están barajadas en ella: tratados astronómicos, vidas de
varones piadosos, un *Arte de colmenas,* mucha
desbocada invectiva, romances en estilo aldeano,
entremeses, la *Anatomía de lo visible e invisible,*
los *Sueños morales,* la *Barca de Aqueronte,* el *Co-
rreo del otro mundo,* dos tomos de pronósticos y
unos zangoloteados sonetos de cuya travesura de
rimas es ejemplar el que traslado:

Describe algunas cosas de la Corte

Pasa en un coche un pobre Ganapán,
mintiendo Executorias con su tren,
pasa un Arrendador, que en un vayvén
se nos vuelve a quedar Pelafustán:

> *Pasa después un grande Tamborlán,*
> *llevando la carroza ten con ten*
> *y pasa un simple Médico también*
> *parando el coche por cualquier Zaguán.*
>
> *Pasa un gran Bestia puesto en un Rocín,*
> *pasa como abstinente el que es Ladrón,*
> *pasa haciéndose Docto el Matachín:*
>
> *Todo es mentira, todo confusión,*
> *yo me río de todo, porque al fin*
> *miro los Toros desde mi balcón.*

Torres Villarroel, en sus versos, no hizo sino metrificar recuerdos de aventadas lecturas, engalanándolos de rimas. (El que acabo de transcribir tiene fácil origen en el soneto de Quevedo *A la injusta prosperidad*, en el de Góngora *Grandes más que elefantes y que abadas* y aun en la sátira tercera de Juvenal, por tan ilustre graduación.)

Pero la singularidad más certera de Torres Villarroel estriba en el concepto de la prosa que manifiestan sus escritos fantásticos. Es lo de menos la intención risible que esgrimen y su virtud está en la atropellada numerosidad de figuras que enuncian, gritan, burlan y enloquecen el pensamiento. Ese *ictus sententiarum*, esa insolentada retórica, esa violencia casi física de su verbo, tienen su parangón actual con los veinte *Poemas para ser leídos en el tranvía.*

Atestigüen mi aserto algunas oraciones entresacadas de los *Sueños morales*:

Encendióse el mozo yesca a los primeros relámpagos del ayre de la chula; le hizo cenizas el juicio y desmayado el valor del ánimo: empezaron los terremotos de bragueta; los ojos de la niña le menudeaban los sahumerios y el mozalbete quedó zarrapastroso de palabras, zurdo de acciones y tartamudo de voces...

Los racimos iban ginetes en los meollos y caballeros en los cascos: los vapores eran inquilinos de las calaveras, en infusión de mosto los sentidos, las almas embutidas en un lagar, nadando las fantasías en azumbres, alquilado el cerebro a los disparates, los sesos amasados con uvas, los discursos chorreando quartillos, las inteligencias vertiendo arrobas, las palabras hechas una sopa de vino, muy almagrados de cachetes, ardiendo las mexillas en rescoldo de tonel, abochornados los ojos en estíos de viña, encendidas las orejas en canículas de bodegón y delirando los caletres con tabardillos de taberna. No cesaban las copas del licor tinto, blanco y de otros colores, de suerte que cada uno de los perillantes tenía una borrachera ramillete. Uno canta un responso pasado por roso-

*li, otro hace relinchar un rabel, y finalmente toda
la sala era una zahúrda de mamarrachos, un pas-
telón de cerdos y un archipiélago de vómitos.*

Existe en Torres Villarroel un milagro, tan impe-
netrable y tan claro como cualquier cristal y es la
potestad absoluta que don Francisco de Quevedo
hubo sobre la diestra de ese discípulo tardío. Sabemos de escritores que han arrimado su soledad
a la imagen de otros escritores pretéritos, sabemos del muriente Heine que fervorosamente in-
dividuó su anhelo de Judá en las personalidades
de Yehuda ben Halevi y de Avicebrón lejanísimo,
ese piadoso ruiseñor malagués cuya rosa era Dios.
Pero cualquier ejemplo es inhábil frente a la om-
nipresencia de Quevedo en los retiramientos más
huraños de la intelectiva de Torres. Quevedo es
personaje principal de los *Sueños morales;* Quevedo escribe comentaciones de Séneca y las comen-
ta Villarroel; Quevedo inspira con su *Cuento de
cuentos* la vivaz *Historia de historias* que éste
compuso y al *Criticón de Baltasar Gracián* propo-
ne Torres adjudicarlo a las llamas por contener
una animadversión contra su ídolo. Sobre los
días y las noches de don Diego de Torres, sobre
cada una de las páginas que trazó, la sombra del
maestro pasa con la altivez de una bandada y con

la certeza del viento. Torres, incrédulo estrellero
que creyó en el influjo de los astros sobre la humana condición pero no en sortilegios o demo-
nología, fue un enquevedizado. Torres, que cam-
bió lunas por doblones y para quien la anchura
estelar fue una resplandeciente almoneda, fue
poseído de un espíritu y las metáforas de un
muerto hicieron de incantación.

El milagro estriba en la forma que ese aprendizaje supo asumir. Torres, hombre impoético, sin
gravamen de estilo ni ansia de eternidad, fue una
provincia de Quevedo, más alegre y menos intensa que su trágica patria. Quevedo, a fuer de artista, fijó alucinaciones, labró un mundo en el mundo y debeló sus propias imágenes; Villarroel des-
mintió esa seriedad, prodigándolo todo, con el
absurdo gesto de un dios que desbaratase el arco
iris en libérrimas serpentinas. Así recabó su obra,
que es conversadora y brozosa, pero cuyo rumor
es algo así como la rediviva cotidianidad del
maestro, como una extravagante y chacotera re-
surrección.

La traducción de un incidente

La amistad une; también el odio sabe juntar. Dos nombres hermanados por una fraternidad belicosa como de espadas que en ardimiento de contienda se cruzan son los de Gómez de la Serna y Rafael Cansinos Asséns. La discordia eterna del arte se ha incorporado en esos adversarios tácitos y entrañalmente opuestos: en el madrileño tupido, espeso y carnal que sumergido en la realidad —en esa enconadísima dureza que nombran realidad los castellanos— quiere desamarrarse de ella mediante pormenores, grabazones y voluntariosos caprichos y en el andaluz, alto como una llamarada de amotinada hoguera e inhábil en el ademán como un árbol, cuyas palabras lentas y eficaces oyen siempre la pena.

Entre ambos hombres y mejor aún entre ambos espíritus, vaciló durante algún tiempo la mocedad literalizada de España. En la ajustada y casi carcelaria botillería de Pombo estableció Gómez de la Serna su conventículo, en tanto el sevillano juntó a los suyos en el Colonial, café de espejos abismáticos que lejos de deformar la vida, la aceptan y repiten y comentan con insistencias generosas de salmo. Ambas reuniones se realizaban el sábado, ya superada la ritual media noche: circunstancia propicia al fervor y a las divagaciones y achacable no a prestigio alguno de hechicería sino a la gran costumbre nocharniega del vivir español y a la provechosa y aprovechada ociosidad del consecutivo domingo. Ambas tertulias eran privativas; quien frecuentaba la una era exclaustrado religiosamente de la contraria y sólo el admirable Eugenio Montes logró, mediante una destreza intelectual que fue voceado escándalo entre sus compañeros, alternar su discutidora presencia en ambas banderías. Yo milité en la de Cansinos y aún perdura en mí la añoranza de la sabática reunión y de los corazones hoy sueltos cuya vigilia de poesía era unánime frente a la enredada ciudad, que arreciaba como una fuerte lluvia en los cristales del café. Advertirá el lector que están situados en el pasado los verbos y con

ello quiero indicar que se ha desbaratado ya esa
disputa, vehementísima hace cuatro o cinco
años. La indiferencia no ha rematado esa rivali-
dad. Las travesuras leves abaten las austeras la-
mentaciones; la greguería ha quebrantado el salmo y los paladeadores de apasionadas imágenes
que fervorizaban antaño junto a la sombra lumi-
nosa de Cansinos Asséns, hoy aventuran chasca-
rrillos en Pombo. A las veladas y a la orientación
de Cansinos —ya de hombres graves que el desengaño hizo ribereños del arte— no acuden otros
jóvenes que yo, regresado eventual a quienes es-
conderán mañana las leguas. Tal es el incidente;
veamos luego la significación que éste implica.

Antes, quiero adelantar una salvedad. No es
intención de estos renglones el comparar, en me-
noscabo de cualquiera de ellos, las personalidades verdaderas de los dos escritores. Son dos paí-
ses muy distintos y enmarañados que distan un
incaminado trecho el uno del otro, tan brava-
mente incomparables como lo pueden ser, por
ejemplo, la perfección de dejadez y huraño vivir
que en todo arrabal porteño me agrada y la nerviosa perfección de codicia que alborota las calles
céntricas. Yo sé muy bien que Gómez de la Serna
es trágico en ese duro forcejear con su índole re-
seca de castellano y en esa voluntad de fantasía

que inflige a su visión. (Ramón, queriendo hacer labor fantástica, ha realizado la autobiografía de nosotros todos.) Yo sé que en la rebusca de metáforas que a Cansinos suele atarear, hay sospechas de juego. Pero la igualación del escritor madrileño a la travesura y del sevillano a la trágica seriedad permanece incólume, pues corrobora la significación banderiza que en ellos ve la juventud y que rige su preferencia.

En eso está lo sintomático. La literatura europea se desustancia en algaradas inútiles. No cunde ni esa dicción de la verdad personal en formas prefijadas que constituye el clasicismo, ni esa vehemencia espiritual que informa lo barroco. Cunden la dispersión y el ser un leve asustador del leyente. En la lírica de Inglaterra medra la lastimera imagen visiva; en Francia todos aseveran —¡cuitados!— que hay mejor agudeza de sentir en cualquier Cocteau que en Mauriac; en Alemania se ha estancado el dolor en palabras grandiosamente vanas y en simulacros bíblicos. Pero también allí gesticula el arte de sorpresa, el desmenuzado, y los escribidores del grupo *Sturm* hacen de la poesía empecinado juego de palabras y de semejanza de sílabas. España, contradiciendo su historia y codiciosa de afirmarse europea, arbitra que está muy bien todo ello.

No hablaré de culturas que se pierden. La constancia de vida, la duradera continuidad de la vida, es una certidumbre de arte. Aunque las apariencias caduquen y se transformen como la luna, siempre perdurará una esencia poética. La realidad poética puede caber en una copla lo mismo que en un verso virgiliano. También en formas dialectales, en asperezas de jerigonza de cárcel, en lenguajes aun indecisos, puede caber.

Europa nos ha dado sus clásicos, que asimismo son de nosotros. Grandioso y manirroto es el don; no sé si podemos pedirle más. Creo que nuestros poetas no deben acallar la esencia de anhelar de su alma y la dolorida y gustosísima tierra criolla donde discurren sus días. Creo que deberían nuestros versos tener sabor de patria, como guitarra que sabe a soledades y a campo y a poniente detrás de un trebolar.

El «Ulises» de Joyce

Soy el primer aventurero hispánico que ha arribado al libro de Joyce: país enmarañado y montaraz que Valery Larbaud ha recorrido y cuya contextura ha trazado con impecable precisión cartográfica (*N. R. F.*, tomo XVIII) pero que yo reincidiré en describir, pese a lo inestudioso y transitorio de mi estadía en sus confines. Hablaré de él con la licencia que mi admiración me confiere y con la vaga intensidad que hubo en los viajadores antiguos, al describir la tierra que era nueva frente a su asombro errante y en cuyos relatos se aunaron lo fabuloso y lo verídico, el decurso del Amazonas y la Ciudad de los Césares.

Confieso no haber desbrozado las setecientas páginas que lo integran, confieso haberlo practicado solamente a retazos y sin embargo sé lo que es, con esa aventurera y legítima certidumbre que hay en nosotros, al afirmar nuestro conocimiento de la ciudad, sin adjudicarnos por ello la intimidad de cuantas calles incluye.

*

James Joyce es irlandés. Siempre los irlandeses fueron agitadores famosos de la literatura de Inglaterra. Menos sensibles al decoro verbal que sus aborrecidos señores, menos propensos a embotar su mirada en la lisura de la luna y a descifrar en largo llanto suelto la fugacidad de los ríos, hicieron hondas incursiones en las letras inglesas, talando toda exuberancia retórica con desengañada impiedad. Jonathan Swift obró a manera de un fuerte ácido en la elación de nuestra humana esperanza y el *Mikromegas* y el *Cándido* de Voltaire no son sino abaratamiento de su serio nihilismo; Lorenzo Sterne desbarató la novela con su jubiloso manejo de la chasqueada expectación y de las digresiones oblicuas, veneros hoy de numeroso renombre; Bernard Shaw es la más grata realidad de las letras actuales. De Joyce diré que ejerce dignamente esa costumbre de osadía.

Su vida en el espacio y en el tiempo es abarcable en pocos renglones, que abreviará mi ignorancia. Nació el ochenta y dos en Dublín, hijo de una familia prócer y piadosamente católica. Lo han educado los jesuitas; sabemos que posee una cultura clásica, que no comete erróneas cantidades en la dicción de frases latinas, que ha frecuentado el escolasticismo, que ha repartido sus andanzas por diversas tierras de Europa y que sus hijos han nacido en Italia. Ha compuesto canciones, cuentos breves y una novela de catedralicio grandor: la que motiva este apuntamiento.

El *Ulises* es variamente ilustre. Su vivir parece situado en un solo plano, sin esos escalones ideales que van de cada mundo subjetivo a la objetividad, del antojadizo ensueño del yo al transitado ensueño de todos. La conjetura, la sospecha, el pensamiento volandero, el recuerdo, lo haraganamente pensado y lo ejecutado con eficacia gozan de iguales privilegios en él y la perspectiva es ausencia. Esa amalgama de lo real y de las soñaciones, bien podría invocar el beneplácito de Kant y de Schopenhauer. El primero de entrambos no dio con otra distinción entre los sueños y la vida que la legitimada por el nexo causal, que es constante en la cotidianidad y que de sueño a sueno no existe; el segundo no encuentra más

criterio para diferenciarlos, que el meramente
empírico que procura el despertamiento. Añadió
con prolija ilustración, que la vida real y los sueños son páginas de un mismo libro, que la costumbre llama vida real a la lectura ordenada y ensueño a lo que hojean la indiligencia y el ocio.
Quiero asimismo recordar el problema que Gus-
tav Spiller enunció (*The Mind of Man,* pp. 322-
23) sobre la realidad relativa de un cuarto en la
objetividad, en la imaginación y duplicado en un
espejo y que resuelve, justamente opinando que
son reales los tres y que abarcan ocularmente
igual trozo de espacio.

Como se ve, el olivo de Minerva echa más
blanda sombra que el laurel sobre el venero de
Ulises. Antecesores literarios no le encuentro
ninguno, salvo el posible Dostoievski en las postrimerías de *Crimen y castigo,* y eso, quién sabe.
Reverenciemos el provisorio milagro.

Su tesonero examen de las minucias más irre-
ducibles que forman la conciencia, obliga a Joyce
a restañar la fugacidad temporal y a diferir el movimiento del tiempo con un gesto apaciguador,
adverso a la impaciencia de picana que hubo en el
drama inglés y que encerró la vida de sus héroes
en la atropellada estrechura de algunas horas po-
pulosas. Si Shakespeare —según su propia metá-

fora— puso en la vuelta de un reloj de arena las
proezas de los años, Joyce invierte el procedimiento y despliega la única jornada de su héroe
sobre muchas jornadas de lector. (No he dicho
muchas siestas.)

En las páginas del *Ulises* bulle con alborotos de
picadero la realidad total. No la mediocre realidad
de quienes sólo advierten en el mundo las abs-
traídas operaciones del alma y su miedo ambicioso de no sobreponerse a la muerte, ni esa otra
realidad que entra por los sentidos y en que con-
viven nuestra carne y la acera, la luna y el aljibe.
La dualidad de la existencia está en él: esa inquietación ontológica que no se asombra meramente
de ser, sino de ser en este mundo preciso, donde
hay zaguanes y palabras y naipes y escrituras
eléctricas en la limpidez de las noches. En libro alguno —fuera de los compuestos por Ramón—
atestiguamos la presencia actual de las cosas con
tan convincente firmeza. Todas están latentes y la
dicción de cualquier voz es hábil para que surjan
y nos pierdan en su brusca avenida. De Quincey
narra que bastaba en sus sueños el breve nom-
bramiento *consul romanus,* para encender multi-
sonoras visiones de vuelo de banderas y esplendor militar. Joyce en el capítulo quince de su obra
traza un delirio en un burdel y al eventual conju-

ro de cualquier frase soltadiza o idea congrega cientos —la cifra no es ponderación, es verídica— de interlocutores absurdos y de imposibles trances.

Joyce pinta una jornada contemporánea y agolpa en su decurso una variedad de episodios que son la equivalencia espiritual de los que informan la *Odisea.*

Es millonario de vocablos y estilos. En su comercio, junto al erario prodigioso de voces que suman el idioma inglés y le conceden cesaridad en el mundo, corren doblones castellanos y siclos de Judá y denarios latinos y monedas antiguas, donde crece el trébol de Irlanda. Su pluma innumerable ejerce todas las figuras retóricas. Cada episodio es exaltación de una artimaña peculiar, y su vocabulario es privativo. Uno está escrito en silogismos, otro en indagaciones y respuestas, otro en secuencia narrativa y en dos está el monólogo callado, que es una forma inédita (derivada del francés Édouard Dujardin, según declaración hecha por Joyce a Larbaud) y por el que oímos pensar prolijamente a sus héroes. Junto a la gracia nueva de las incongruencias totales y entre aburdeladas chacotas en prosa y verso macarrónico suele levantar edificios de rigidez latina, como el discurso del egipcio a Moisés. Joyce es audaz

como una proa y universal como la rosa de los
vientos. De aquí diez años —ya facilitado su libro
por comentadores más tercos y más piadosos que
yo— disfrutaremos de él. Mientras, en la imposi-
bilidad de llevarme el *Ulises* al Neuquén y de estu-
diarlo en su pausada quietud, quiero hacer mías
las decentes palabras que confesó Lope de Vega
acerca de Góngora:

*Sea lo que fuere, yo he de estimar y amar el divino
ingenio deste Cavallero, tomando del lo que enten-
diere con humildad y admirando con veneración lo
que no alcanzare a entender.*

Después de las imágenes

Con el ambicioso gesto de un hombre que ante la generosidad vernal de los astros, demandase una estrella más y, oscuro entre la noche clara, exigiese que las constelaciones desbarataran su incorruptible destino y renovaran su ardimiento en signos no mirados de la contemplación antigua de navegantes y pastores, yo hice sonora mi garganta una vez, ante el incorregible cielo del arte, solicitando nos fuese fácil el don de añadirle imprevistas luminarias y de trenzar en asombrosas coronas las estrellas perennes. ¡Qué taciturno estaba Buenos Aires, entonces! De su dura grandeza, dos veces millonaria de almas posibles, no se elevaba el surtidor piadoso de una sola estrofa veraz y en las seis penas de cualquier guitarra ca-

29

bía más proximidad de poesía que en la ficción de cuantos simulacros de Rubén o de Luis Carlos López infestaban las prensas.

La juventud era dispersa en la sombra y cada cual juzgábase solo. Éramos semejantes al enamorado que afirma que su pecho es el único enorgullecido de amor y a la encendida rama sobre la cual pesa septiembre y que no sabe de las alamedas en fiesta. Con orgullo creíamos en nuestra soledad ficticia de dioses o de islas florecidas y excepcionales en la infecundidad del mar y sentíamos ascender a las playas de nuestros corazones la belleza urgente del mundo, innumerablemente rogando que la fijásemos en versos. Los novilunios, las verjas, el color blando del suburbio, los claros rostros de las niñas, eran para nosotros una obligación de hermosura y un llamamiento a ejecutivas audacias. Dimos con la metáfora, esa acequia sonora que nuestros caminos no olvidarán y cuyas aguas han dejado en nuestra escritura su indicio, no sé si comparable al signo rojo que declaró los elegidos al Ángel o a la señal celeste que era promesa de perdición en las casas, que condenaba la Mazorca. Dimos con ella y fue el conjuro mediante el cual desordenamos el universo rígido. Para el creyente, las cosas son realización del verbo de Dios —primero fue nombra-

da la luz y luego resplandeció sobre el mundo—;
para el positivista, son fatalidades de un engrana-
je. La metáfora, vinculando cosas lejanas, quie-
bra esa doble rigidez. La fatigamos largamente y
nuestras vigilias fueron asiduas sobre su lanzadera
que suspendió hebras de colores de horizonte a horizonte. Hoy es fácil en cualquier pluma y su brillo
—astro de epifanías interiores, mirada nuestra—
es numeroso en los espejos. Pero no quiero que
descansemos en ella y ojalá nuestro arte olvidán-
dola pueda zarpar a intactos mares, como zarpa la
noche aventurera de las playas del día. Deseo que
este ahínco pese como una aureola sobre las cabezas de todos y he de manifestarlo en palabras.

La imagen es hechicería. Transformar una hoguera en tempestad, según hizo Milton, es opera-
ción de hechicero. Trastrocar la luna en un pez, en
una burbuja, en una cometa —como Rossetti lo
hizo, equivocándose antes que Lugones— es menor travesura. Hay alguien superior al travieso y al
hechicero. Hablo del semidiós, del ángel, por cuyas
obras cambia el mundo. Añadir provincias al Ser,
alucinar ciudades y espacios de la conjunta realidad, es aventura heroica. Buenos Aires no ha recabado su inmortalización poética. En la pampa, un
gaucho y el diablo payaron juntos; en Buenos Aires
no ha sucedido aún nada y no acredita su grande-

za ni un símbolo ni una asombrosa fábula ni siquiera un destino individual equiparable al *Martín
Fierro*. Ignoro si una voluntad divina se realiza en el
mundo, pero si existe fueron pensados en Ella el almacén rosado y esta primavera tupida y el gasóme-
tro rojo. (¡Qué gran tambor de Juicios Finales ese
último!) Quiero memorar dos intentos de fabuliza-
ción: uno el poema que entrelazan los tangos —totalidad precaria, ruin, que contradice el pueblo en
parodias y que no sabe de otros personajes que el
compadrito nostálgico, ni de otras incidencias que
la prostitución—, otro genial y soslayado *Recienve-
nido* de Macedonio Fernández.

Una ilustración última. Ya no basta decir, a
fuer de todos los poetas, que los espejos se aseme-
jan a un agua. Tampoco basta dar por absoluta
esa hipótesis y suponer, como cualquier Huidobro, que de los espejos sopla frescura o que los
pájaros sedientos los beben y queda hueco el
marco. Hemos de rebasar tales juegos. Hay que
manifestar ese antojo hecho forzosa realidad de
una mente: hay que mostrar un individuo que se
introduce en el cristal y que persiste en su ilusorio
país (donde hay figuraciones y colores, pero regi-
dos de inmovible silencio) y que siente el bochorno de no ser más que un simulacro que obliteran
las noches y que las vislumbres permiten.

Sir Thomas Browne

Toda hermosura es una fiesta y su intención
es generosidad. Los requiebros y cumplimientos
fueron sin duda en su principio formas de gratitud y confesión del privilegio con que nos hon-
ra el espectáculo de una mujer hermosa. También los versos agradecen. Laudar en firmes y
bien trabadas palabras ese alto río de follaje que
la primavera suelta en los viales o ese río de bri-
sa que por los patios de septiembre discurre, es
reconocer una dádiva y retribuir con devoción
un cariño. Lamentadora gratitud son los trenos
y esperanzada el madrigal, el salmo y la oda.
Hasta la historia lo es, en su primordial acepción de romancero de proezas magnánimas...
Yo he sentido regalo de belleza en la labor de

Browne y quiero desquitarme, voceando glorias de su pluma.

Antes, he de narrar su vida. Fue hijo de un mercader de paños y nació en Londres en 1605, en otoño. De la universidad de Oxford obtuvo su licenciatura en 1629 y pasó a estudiar medicina al Sur de Francia, a Italia y a Flandes: a Montpellier, a Padua y a Leiden. Sabemos que en Montpellier discutió largamente de la inmortalidad del alma con un su amigo, teólogo, *«hombre de prendas singulares, pero tan atascado en ese punto por tres renglones de Séneca, que todas nuestras triacas, sacadas de la Escritura y la filosofía, no bastaron a preservarlo de la ponzoña de su error».* También relata que, pese a su anglicanismo, lloró una vez ante una procesión *«mientras mis compañeros, enceguecidos de oposición y prejuicio, cayeron en excesos de sorna y de risotadas».* Toda su vida fue impaciente de las minucias y prolijidades del dogma, pero no dudó nunca en lo esencial: en la aseidad de Dios, en la divinidad del espíritu, en la contrariedad de vicio y virtud. Según su propio dicho, supo jugar al ajedrez con el Diablo, sin abandonarle jamás ninguna pieza grande. Ya doctorado, volvió a su patria en 1633. Se dio al ejercicio de la medicina y su investigación y la literatura fueron los dos ojos de su alma. En 1642 la guerra civil asestó su grito en los corazones. Alentó en Browne el heroísmo paradójico de ignorar la insolencia bélica, persistiendo en empeño pensativo, puesto el mirar en una pura especulación de belleza. Vivió feliz y quietamente. Su casa en Norwick —célebre por el doble regalo de su biblioteca erudita y de su espacioso jardín— fue contigua a una iglesia, cuyo esplendor oscuro, hecho de sombra y de iluminación de vidrieras, es arquetípico de la obra de Browne. Éste murió en 1682 y la fecha de su cumpleaños fue aniversario de su muerte. A semejanza de don Rodrigo Manrique, dio el alma a quien se la dio, cercado de su mujer, de hijos y de hermanos y criados. Vivir gustoso el suyo, tramitado a la sombra de un generoso tiempo y sólo sojuzgado a la dicción de esclarecidas voces.

En Sir Thomas Browne se adunaron el literato y el místico: el *vates* y el *gramaticus,* para expresarlo con latina fijeza. El tipo literario —prefigurado por Ben Jonson, en quien campean ya todos los signos de su clase: el atarearse con la gloria, la reverencia y la preocupación del lenguaje, la urdidura prolija de teorías para legitimar la labor, el sentirse hombre de una época, el estudio de otros idiomas y hasta la presidencia de un cenáculo y el organizar banderías— es manifiesto en él. Su be-

lleza es docta y lograda. Latinizó con perfección y
en ese sentido su actividad coetánea de Milton es
comparable a la ejercida en España por Diego de
Saavedra. Supo de letras castellanas y he señalado
en sus escritos nuestra expresión *beso las manos*
(sustantivada por él y reemplazada por una *zeta* la
ese inicial) y las voces *dorado, armada, noctámbu-
los* y *crucero.* Nombra las *Empresas* de Covarru-
bias y la *Monarquía eclesiástica* del jesuita Juan de
Pineda, al que censura el citar más autores en ese
solo libro (¡mil y cuarenta!) que los necesarios en
todo un mundo. Habló también las lenguas italia-
na, francesa, griega y latina y las frecuentó en sus
discursos. Fue novador, pero no a semejanza de
los que siguen el asombro y el sacar de quicio al
leyente; fue clásico, pero sin mimetismo apasio-
nado ni rigideces de ritual. El gigantesco vocabulario de Shakespeare cayó sobre él como una capa
y su ademán fue fácil y noble bajo la blasonadora
riqueza.

Fue un hombre justo. La famosa definición
que del orador hizo Quintiliano *vir bonus dicendi
peritus,* varón bueno, diestro en el arte de hablar,
le conviene singularmente. La pluralidad de sec-
tas y razas, que a tantos suele exacerbar, halló palabras de aceptación en su pluma. Militaban en
torno suyo católicos y anglicanos, cristianos y ju-

díos, motilones y caballeros. La serenidad benig-
na de Browne unifica esos parcialismos. Escribió
así *(Religio Medici, 2)*:

*No me sobresalta la presencia de un escorpión, de
una salamandra, de una sierpe. En viendo un sapo
o una víbora, no encuentro en mí deseo alguno de
recoger una piedra para destruirlos. Dentro de mí
no siento esas comunes antipatías que en los demás
descubro: no me atañen las repugnancias naciona-
les ni miro con prejuicio al italiano, al español o al
francés. Nací en el octavo clima, pero paréceme estoy construido y constelado hacia todos. No soy
planta que fuera de un jardín no logra prosperar.
Todos los sitios, todos los ambientes, me ofrecen
una patria; estoy en Inglaterra en cualquier lugar y
bajo cualquier meridiano. He naufragado, mas no
soy enemigo del golfo y de los vientos: puedo estudiar o asolazarme o dormir en una tempestad. En
suma, a nada soy adverso y mi conciencia me des-
mentiría si yo afirmase que odio absolutamente a
ser alguno, salvo al Demonio. Si entre los comunes
objetos de odio, hay tal vez uno que condeno y desprecio, es aquel adversario de la razón, la religión y
la virtud, el Vulgo: numerosa pieza de monstruosidad que, separados, parecen hombre y las criaturas
razonables de Dios, y confundidos, forman una*

sola y gran bestia y una monstruosidad más prodi-
giosa que la Hidra. Bajo el nombre de vulgo no
sólo incluyo gente ruin y pequeña; entre los caba-
lleros hay canalla y cabezas mecánicas, aunque
sus caudales doren sus tachas y sus talegas inter-
vengan en pro de sus locuras.

El párrafo que acabo de traducir es significativo de la habitualidad de Browne, de la cotidianidad de su modo: cosa importante en un autor.
Ella, y no aciertos o flaquezas parciales, deciden
de una gloria. Diversamente ilustre es éste y más
poético que cuantos versos conozco:

Pero la iniquidad del olvido dispersa a ciegas su
amapola y maneja el recuerdo de los hombres sin
atenerse a méritos de perpetuidad. ¿Qué si no lásti-
ma hemos de otorgar al fundador de las Pirámides?
Vive Erostrato que incendió el templo de Diana,
casi está perdido el que lo hizo; perdonaron los si-
glos el epitafio del caballo de Adriano y desbarata-
ron el suyo. Vanamente medimos nuestra dicha con
el apoyo de nuestros claros renombres, pues los infa-
mes son de igual duración. ¿Quién nos dirá si los
mejores son conocidos, quién si no yacen olvidados,
varones más notables que cuantos fueran en el cen-
so del tiempo? Sin el favor del imperecedero registro,

*el primer hombre sería tan ignoto como el último y
la larga vida de Matusalén fuera toda su crónica. El
olvido es insobornable. Los más han de avenirse a
ser como si nunca hubieran sido y a figurar en el registro de Dios, no en la noticia humana... En vano
esperan inmortalidad individuos, o garantías de
recuerdo, en preservaciones bajo la luna: es ilusoria
su esperanza, hasta en sus mentiras allende el sol y
en sus artificios prolijos para subir al firmamento
sus nombres. La diversa cosmografía de ese lugar
ha variado los signos de constelaciones compues-
tas: piérdese Menrod en Orión, y Osiris en la Caní-
cula. En los cielos buscamos incorrupción y son
iguales a la tierra. Nada conozco rigurosamente
inmortal, salvo la propia inmortalidad: aquello
que no supo de comienzo, puede ignorar un fin;
todo otro ser es adjetivo y el aniquilamiento lo alcanza... Pero el hombre es bestia muy noble, es-
pléndida en cenizas y autorizada en la tumba, so-
lemnizando natividades y decesos con igual brillo y
aparejando ceremonias bizarras para la infamia de
su carne. (Urn Burial, 1658.)*

Narra Lope de Vega que encareciéndole a un
gongorista la claridad que para deleitar quieren
los versos, éste le replicó: *También deleita el ajedrez.* Réplica, que sobre sus dos excelencias de

enrevesar la discusión y de sacar ventaja de un reproche (pues cuanto más difícil es un juego, tanto es más apreciado) no es otra cosa que un sofisma. No quiero persuadirme que la oscuridad
haya sido en momento alguno meta del arte. Es
increíble que generaciones enteras se atareasen a
sólo enigmatizar... La cesárea latinidad de Sir
Thomas Browne y mi urgencia en justificarlo me
llevan a esta reflexión.

Hay una crítica idolátrica y torpe que, sin saberlo, personaliza en ciertos individuos los tiem-
pos y lo resuelve todo en imaginarias discordias
entre el aislado semidiós que destaca y sus con-
temporáneos o maestros, siempre remisos en
confesar su milagro. Así, la crítica española nos
está armando un Luis de Góngora que ni deriva
de Fernando de Herrera ni fue coetáneo de Hor-
tensio Félix Paravicino ni sufrió dura reducción al
absurdo en los escritos de Gracián. No creo en tales monstruos y juzgo que la mayor grandeza de
un hombre estriba en responder con su tiempo y
en ocuparse con los afanes y lizas que son populares en él. Browne alcanzó a latinizar con excepcional eficacia, pero el arrimarse al latín fue voluntad común de los escritores de su época.

Es conjetura mía que la frecuente latinidad de
su tiempo no fue un mero halago sonoro ni una

artimaña para ampliar el discurso, sino un ahínco de universalidad y claridad. Dos acepciones
hay en las palabras de las lenguas romances: una,
la consentida por el uso, por los caprichos regio-
nales, por los vaivenes del siglo; otra, la etimológica, la absoluta, la que se acuerda con su original
latino o helénico. (Conste que el inglés, en cuanto a repertorio intelectual, es romance.) Los latinistas del siglo XVII se atuvieron a esta segunda y
primordial acepción. Su actividad fue inversa de
la que ejercen hoy los académicos, a quienes ata-
rea lo privativo del lenguaje: los refranes, los mo-
dismos, los idiotismos. Contra sus dicharachos
castizos trazó la pluma de Quevedo, tres siglos
ha, el doctoral *Cuento de cuentos* y la carta que lo
precede.

Quiero también rememorar las razones que en
lo atañedero a este asunto, dejó don Diego de
Saavedra Fajardo, en la estudiosa prefación de su
Corona gótica:

*En el estilo procuro imitar a los Latinos que con
brevedad y con gala explicaron sus conceptos, des-
preciando los vanos escrúpulos de aquellos que
afectando en la Lengua Castellana la pureza y cas-
tidad de las vozes, la hazen floxa y desaliñada.*

Menoscabo y grandeza de Quevedo

Hay la aventura personal del hombre Quevedo: el tropel negro y desgarrado que eslabonaron
con dureza sus días, el encono que hubo en sus
ojos al traspasar con sus miradas el mundo, la
numerosa erudición que requirió de tanto libro
ya lejano, la salacidad que desbarató su estoicis-
mo como una turbia hoguera, su ahínco en traducir la España apicarada y cucañista de entonces
en simulacros de grandeza apolínea, su aversión a
lechuzos, alguaciles y leguleyos, sus tardeceres,
su prisión, su chacota: todo su sentir de hombre
que ya conoció el doble encontronazo de la vida
segura y la insegura muerte. Ya se desbarató y
hundió la plateresca fábrica de su continuidad vi-
tal y sólo debe interesarnos el mito, la significa-

ción banderiza que con ella forjemos. Aquí está su labor, con su aparente numerosidad de propósitos, ¿cómo reducirla a unidad y cuajarla en un símbolo? La artimaña de quien lo despedaza según la varia actividad que ejerció no es apta para concertar la despareja plenitud de su obra. Desbandar a Quevedo en irreconciliables figuraciones de novelista, de poeta, de teólogo, de sufridor estoico y de eventual pasquinador, es empeño baldío si no adunamos luego con firmeza todas esas vislumbres. Quevedo a mi entender, fue innumerable como un árbol, pero no menos homogéneo.

Hay un rasgo en su obra que puede ser de algún provecho para la conceptualización que buscáis. Quiero indicar que casi todos sus libros son cotidianos en el plan, pero sobresalientes en los verbalismos de hechura. El *Buscón* es todo él un aprovechamiento de la esencia del *Guzmán de Alfarache*, esto es, de prometer la vida de un gran pícaro para historiar después algunas travesuras de escolar y algunas malandanzas en las cuales, por lo común, sale apaleado el héroe (procedimiento propio de moralistas que no contentos con censurar la picardía, quieren también contradecir su existencia); los *Sueños* son reflejo de Luciano, en que la inventiva muéstrase inhábil y necesita re-

currir a oraciones, a censos de heresiarcas y a in-
citadas apóstrofes para terminar su dictado: la
Hora de todos —¡tan alborotadísima de vida!—
no ejecuta el milagro jubiloso que los primeros
incidentes amagan; la *Política de Dios,* pese a su
bizarría varonil en desbravecer ambiciones, no es
sino un largo y enzarzado sofisma y el *Parnaso español* recuerda el juego de un admirable y docto
ajedrecista que las más veces no se empeña en ga-
nar. En cuanto a su *Discurso de la inmortalidad
del alma* es un resumen y alguna vez un literatizar
de añejos argumentos doctrinales, siendo curio-
so que el mejor alegato de Quevedo en pro de la
inmortalidad no se halle en él, sino esquiciado
breve y hondamente en una estrofa de grandioso
erotismo. Me refiero al soneto XXXI de los enderezados a Lisi en el libro que canta bajo la invocación a Erato. En esa composición el goce genésico es atestiguamiento de la eternidad que vive en
nosotros:

> *Alma, a quien todo un Dios prissión ha sido,*
> *Venas que humor a tanto fuego han dado,*
> *Médulas que han gloriosamente ardido,*
>
> *Su forma dejarán, no su cuidado;*
> *Serán ceniça, mas tendrá sentido*
> *Polvo serán, mas polvo enamorado.*

Pero el mejor signáculo de la dualidad de Quevedo está en la *Epístola censoria* que escribió al Conde de Olivares y que después, con justificada largueza, prodigaron tantas imprentas. Jamás versos tan nobles altivecieron tanta cotidianidad espiritual. Iníciase Quevedo encareciendo su sinceridad temeraria y luego se dilata en fácil diatriba contra los mohatreros, contra el abajamiento del ejército, contra las comilonas, contra el lujo, contra las fiestas de toros. Lo señalado está en la forma que asume su polémica. No moteja la lidia de matanza inútil y zafia, pero pondera las leyendas que ennoblecen al toro, la aventura de Zeus, la gran constelación que es simulacro de su hechura. Frente al charco de sangre y a la vergüenza del dolor primordial, Quevedo ensalza la fabulosa proceridad de la bestia

Que un tiempo endureció manos Reales
I detrás de él los Cónsules gimieron
I rumia luz en Campos Celestiales;

¿Por qual enemistad se persuadieron
A que su apocamiento fuese haçaña
I a las miesses tan grande offensa hicieron?

Versos tan eminentes, como inaptos para alcanzar la compasión que se busca.

Todo lo anterior es señal del intelectualismo
ahincado que hubo en la mente de Quevedo. Fue
perfecto en las metáforas, en las antítesis, en la
adjetivación; es decir, en aquellas disciplinas de la
literatura cuya felicidad o malandanza es discer-
nible por la inteligencia. El ejercicio intelectual es
hábil para establecer la virtud de esas artimañas
retóricas, ya que todas ellas estriban en un nexo o
ligamen que aduna dos conceptos y cuya adecuación es fácil examinar. La vialidad de una metáfora es tan averiguable por la lógica como la de
cualquier otra idea, cosa que no les acontece a los
versos que un anchuroso error llama sencillos y
en cuya eficacia hay como un fiel y cristalino misterio. Un preceptista merecedor de su nombre
puede dilucidar, sin miedo a hurañas trabazones,
toda la obra de Quevedo, de Milton, de Baltasar
Gracián, pero no los hexámetros de Goethe o las
coplas del *Romancero*.

Una realzada gustación verbal, sabiamente regida por una austera desconfianza sobre la eficacia del idioma, constituye la esencia de Quevedo.
Nadie como él ha recorrido el imperio de la lengua española y con igual decoro ha parado en sus
chozas y en sus alcázares. Todas las voces del castellano son suyas y él, en mirándolas, ha sabido
sentirlas y recrearlas ya para siempre. Bien le co-

nocen las más opuestas y apartadas provincias de nuestro castellano, siendo igualmente sentencioso su gesto en la latinidad del Marco Bruto como en la jerigonza soez de las jácaras, barro sutil y quebradizo que sólo un alfarero milagroso pudo amasar en vasija de eternidad.

Poco duran los valientes,
Mucho el verdugo los gasta

ocurre en una de sus composiciones burlescas, y lo lapidario en ella no es excepción.

Fue don Francisco un gran sensual de la literatura, pero nunca fió todo su dictado a la inconsecuente virtud de las palabras prestigiosas. Estas palabras, testificando la doctrina de Spengler, son hoy las que señalan disparidades en el tiempo y lejanía en el espacio; en los comienzos del siglo XVII fueron aquellas por las cuales el mundo manifestaba su lucida riqueza en monstruos, en variedad de flores, en estrellas y en ángeles. El poeta no puede ni prescindir enteramente de esas palabras que parecen decir la intimidad más honda, ni reducirse a sólo barajarlas. Quevedo las menudeó en estrofas galantes y el no poder echar mano a ellas en sus composiciones jocosas motivó tal vez el raudal de metáforas y de intuiciones reales

que hay en su burlería. Le atareó mucho lo pro-
blemático del lenguaje propio del verso y es lícito
recordar que fingió en uno de sus libros un altercado entre el poeta de los pícaros y un seguidor de
Góngora (esto es, entre un coplero y un rubenista), tras el cual se evidencia que su desemejanza
está en emplear el uno voces ilustres y el otro voces ruines y plebeyas, sin existir entre ambos el
menor contraste ideológico. El conceptismo —la
solución que dio Quevedo al problema— es una
serie de latidos cortos e intensos marcando el ritmo del pensar. En vez de la visión abarcadora que
difunde Cervantes sobre el ancho decurso de una
idea, Quevedo pluraliza las vislumbres en una
suerte de fusilería de miradas parciales.

El gongorismo fue una intentona de gramáti-
cos a quienes urgió el plan de trastornar la frase
castellana en desorden latino, sin querer com-
prender que el tal desorden es aparencial en latín
y sería efectivo entre nosotros por la carencia de
declinaciones. El quevedismo es psicológico: es
el empeño en restituir a todas la ideas el arriscado
y brusco carácter que las hizo asombrosas al pre-
sentarse por vez primera al espíritu.

Quevedo es, ante todo, intensidad. No descu-
brió una sola forma estrófica (proeza lograda de
hombres cuya valía fue incomparablemente me-

nor: verbigracia, Espinel); no agregó a universo una sola alma; no enriqueció de voces duraderas la lengua. Transverberó su obra de tan intensa certitud de vivir que su magnífico ademán se eterniza en una firme encarnación de leyenda. Fue un sentidor del mundo. Fue una realidad más. Yo quiero equipararlo a España, que no ha desparramado por la tierra caminos nuevos, pero cuyo latido de vivir es tan fuerte que sobresale del rumor numeroso de las otras naciones.

Definición de Cansinos Asséns

Diríase que la literatura desde la lontananza en que ensayó su balbuceo heroico hasta su millonaria actualidad había prestigiado con su gracia todas las profesiones humanas, todas las variedades de la empresa del yo. El sutil cálamo de los pastores y las horrendas armas de Marte, los rufianes y azotacalles en el claro *Satiricón* y en la sentenciosa y mezquina novela picaresca, los marineros en las narraciones de Marryat, los visionarios en la escritura dolorosa de Dostoievski, la copia de ejercicios todos en esas apaisadas enciclopedias o prontuarios de la vida total que en el siglo pasado reunieron Thackeray, Balzac, Samuel Butler, Zola y Galdós, semejaban haber fijado ya cada tipo humano, sin consentir otra posible añadidura que la de motivaciones distintas o la de personajes forasteros como los embarcados por Rudyard Kipling en Bombay. Quedaba sin embargo, un tipo humano por literaturizar y es un decoro del andaluz Cansinos Asséns el haberlo expresado con perfección incorregible. He aludido al propio poeta. Los poetas, hasta hoy, sólo manifestaban de su vivir lo llanamente común: las malandanzas o deleites de una empresa amorosa, la alacridad al comenzar primavera, la meditación de la muerte. Si alguna vez aludían a su actividad de cantores, era tan sólo para anticiparse inmortalidad a semejanza del horaciano *aere perennius* o para prometerla a los ungidos por su milagrosa palabra debeladora de los años. Encubrían su noble individuación de escritores y comentaban su universal destino humano, sencillamente. No así en la obra de Cansinos Asséns. El agua especular de la palabra lírica, tras de haber reflejado todas las actitudes y todas las ciudades de los hombres, torna en él a su manantial y espeja el nacimiento de su propia gracia ambiciosa. *El divino fracaso* de Cansinos es la perfecta confesión de todo escritor. Están allí, fijadas por ilustres imágenes que son como clavos de oro, la congoja del tema inagotable como la luna duradera y el temor de un arte más joven y la insolencia de la ajena hermosura y la sensualidad verbal y la ambición de persistir con leves palabras en el mundo macizo y la añoranza de otras artes o sencillamente del ocio y los remordimientos de una escritura sin fervor como un gesto litúrgico y el esencial fracaso y la terrible media luz de la gloria posible que se nos ofrece como un halago y que luego hemos de cumplir como cualquier otro deber. Todo ello está gustosamente eternizado en sus páginas y también la envidia aún intacta y el temor de la fama clarividente. Introducir un tema nuevo en las letras acredita de ingenio; introducirlo y darle precisión decisiva es poderosa ejecutoria. Todo novador ha de sujetarse a que sus mejores versos los recaben labios ajenos y es milagrosa singularidad de Cansinos el haber cerrado la órbita completa de su arte y que en él sean a un tiempo la balbuciente primavera y el verano magnífico y la serenidad otoñal.

No es ésta la única hazaña de su pluma. Quiero señalarlo también como el más admirable anudador de metáforas de cuantos manejan nuestra prosodia. La metáfora de Cansinos no es áspera y arrojadiza como en el pretérito Villarroel y en el actual Lugones; es espaciosa y amplia y su paradigma menos dudoso está en los narradores árabes o en los grandes latinistas del mil seiscientos. Imágenes que no solicitan nunca su objeto con la derecha urgencia del dardo, pero que a fuer de inevitables lazos abarcan la señal, trazando curvas y rodeos en el despejo fácil del aire. Imágenes que manifiestan un sentido agudo del tiempo y que son alusivas de las cosas que lo atestiguan —reloj, sombra alargada, latido, ocaso, luna infiel— y de la estación vernal y la noche que son costumbre generosa de su decurso cíclico. Imágenes preclaras que van de lejanía a lejanía como esas líneas alucinadoras que organizan el espacio estelar en semejanzas de caballos y héroes.

Notoria es asimismo la audición de las cláusulas de Cansinos. Su largo y lacio ritmo no tiene nada de forense o gestero, es más bien ritmo de plegaria o quejumbre. Para alcanzar la jerarquía de primer prosista español, sólo le falta una circunstancia: la austeridad. Se encariña con todo tema, lo mira demasiado y es indeciso en los adioses.

Ha realizado una obra numerosa en que la hermosura es única y suelta y que sólo nominalmente podemos clasificar en novelas, críticas y salmos. Toda ella es un patético salterio y una anunciación repetida. Es conocedor de muchos lenguajes —entre ellos, del hebreo y del arábi-

go— y hay un lugar en sus escritos en que se jac-
ta de poder saludar a las estrellas que mejoran su
soledad, en once idiomas clásicos y modernos.
En el coloquio es admirable la gustación de su espíritu. La sombra lo rodea —a él no le desplace tal
vez enfatizar esa sombra— pero es indesmentible
que la gente no ha retribuido con justiciera nom-
bradía la belleza que informa todas sus páginas,
fiel y continua en su milagro como la belleza de
una mujer. (Su *Candelabro de los siete brazos* —libro inicial que manifestaron las prensas en mil
novecientos catorce— indica y prefigura, si bien
de modo atrabancado y gravoso, los más de los
sujetos y el blando estilo que alcanzó luego a des-
plegar doctamente.)

En esta nuestra vida, donde rigen infamias
como el dolor carnal, son inmerecedores de
nuestra indignación lacras veniales como el in-
justo repartimiento de gloria. No quiero banderi-
zar en pro de Cansinos ni desquitar con admiración vocinglera la indiferencia innumerable del
mundo; quiero prometer a quienes examinen sus
libros, la más intensa y asombrosa de las emociones estéticas.

Ascasubi

Hay gozamiento en la eficacia: en el amor que de dos carnes y de trabadas voluntades es gloria, en el poniente colorado que marca bien la perdición de la tarde, en la dicción que impone su signatura al espíritu. Plausible es toda intensidad, pero también en muchas irresoluciones hay gusto: en el querer que no se atreve a pasión, en la vulgar jornada que el olvido hará sigilosa y cuyo gesto es indeciso en el tiempo, en la frase que apenas es posible y que no enciende una señal en las almas. De esta categoría es el desaliñado placer que ha ministrado a mi curiosidad Ascasubi.

Su *Santos Vega* es la totalidad de la Pampa. Las aventuras interminables que cuenta, parecen su-

cederse en cualquier parte —más al oeste, más al
sur, al filo de ese entregadizo camino, detrás de
aquella polvareda— y hasta mutuamente se ig-
noran con la soltura de las incidencias de un sueño. Su ritmo es indolentísimo y descansado: ritmo de días haraganes en cuyo medimiento son
inútiles los relojes y que mejor se aviene con el
decurso cuádruple de las estaciones prolijas y
con el tiempo casi inmóvil que rige el manso perdurar de los árboles. Su pulso es pulso de recordación. Sabemos, en efecto, que si bien Ascasubi
comenzó su escritura en el Uruguay el año cincuenta, sólo en París llegó a ultimarla —en ambos
sentidos del verbo—, ya en los declives queren-
ciosos de una vejez conversadora y tristona. En
leyéndolo, se nos escurre más de una vez el hilo
flojo y negligente del bendito relato y sólo reparamos en el tono del narrador. Un tono de señor
antiguo que concienzudamente dice las *elles* y en
cuya sala oscurecida se herrumbra alguna espada
honrosa. Tono de caballero unitario en quien
persisten conmovedoras palabras del fenecido léxico criollo: *mandinga, godo, mequetrefe, guaya-
ba, negro trompeta, poderosos y esas tiesas figuras
del pan amargo del destierro y del altar de la patria.*
Eso, en las ocasiones levantadas. En la habitualidad de su vivir lo veo diablo y ocurrente, lleno de

grave sorna criolla, capaz de conversar un truco con pausada eficacia y de alcanzar y merecer la fraternidad de cualquiera.

Hace algunos renglones dije de su obra capital que era desdibujada y borrosa como una ensoñación. Los escasos lugares que contradicen mi aserto ya están en las antologías. Hay una pintura del alba en que la consabida gracia gaucha y una imprevisible gracia española felizmente se adunan:

> *Venía clariando al cielo*
> *la luz de la madrugada*
> *y las gallinas al vuelo*
> *se dejaban cair al suelo*
> *de encima de la ramada...*
>
> *Y embelesaba el ganao*
> *lerdiando para el rodeo,*
> *como era un lindo recreo*
> *ver sobre un toro plantao*
> *dir cantando un venteveo.*
>
> *En cuyo canto la fiera*
> *parece que se gozara,*
> *porque las orejas para*
> *mansita, cual si quisiera*
> *que el ave no se asustara...*

Y los potros relinchaban
entre las yeguas mezclaos
y allá lejos encelaos
los baguales contestaban
todos desasosegaos.

Famosa fue también su descripción de la correría hostil de los indios, descripción alucinado-
ra en la que además de la indiada la pampa arisca
y abismal arremete, con su alimaña, con sus vientos, con sus lunas salvajes:

Pero al invadir la Indiada
se siente, porque a la fija
del campo la sabandija
juye adelante asustada
y envueltos en la manguiada
vienen perros cimarrones,
zorros, avestruces, liones,
gamas, liebres y venaos
y cruzan atribulaos
por entre las poblaciones.

Entonces los ovejeros
coliando bravos torean
y también revolotean
gritando los teruteros;
pero, eso sí, los primeros

que anuncian la novedá
con toda seguridá
cuando los pampas avanzan
son los chajases que lanzan
volando: ¡chajá! ¡chajá!

También es válido el diseño de una tupida cerrazón en el alba, con su ambiente resbaladizo y
los relinchos de caballos perdidos junto a las arboladas márgenes de un gran río limoso. Los tres
cantos que inician el poema son asimismo gustosísimos y hechos de clara paz. Insuperada es su figuración del cantor que va de rancho en rancho y
que rescata la hospitalidad que le ofrendan, poblando de palabras la sencillez atenta de los atardeceres baldíos y desplegando largas narraciones
que son sinuosas y primitivas y sueltas como la
lazada en el aire. El Santos Vega que esos mendaces cantos prometen, parece aventajarlo a Martín
Fierro por la espontaneidad de su trovar y por su
ausencia de protesta o quejumbre. Lástima que
los ulteriores capítulos desengañen la promisión y
lo depriman en chacotas, invariadamente mezquinas y nunca levantadas por la varonil amistad
que informa escenas paralelas del *Fausto*. Ésa es la
tacha de Ascasubi: el señalar con sus eventuales
hallazgos las dos obras artísticas que de su llane

za derivan y cuyas ramas jubilosas desgajan sombra funeraria sobre él.

Ésa es también su gloria. Las forjaduras de Estanislao del Campo y de Hernández sólo fueron posibles por la prefiguración de Ascasubi. El primero
se honró en manifestarlo y su seudónimo y una
carta de *La Tribuna* (véase la edición del *Santos
Vega* hecha por *La Cultura Argentina,* página 19) y
una lindísima verseada que Calixto Oyuela trans-
cribe, lo patentizan con claridad generosa.

¿Qué diferencia va de la labor de Ascasubi a la
de sus continuadores? La que de la imbelleza va a
la belleza. Zanjón insuperable para la superstición de los cultos y para el engreimiento de los
vehementistas románticos; dócil matiz para el ar-
tesano sincero que confiesa lo obligatorio de en-
señanzas y de disfraces y cuyo desengaño sabe
del carbón y el azufre que son verídico esplendor
en el cohete.

Difícil cosa es que un hombre invente a la vez la
forma y la belleza de esa forma, ha discurrido
Alain *(Propos sur l'Esthétique,* página 103). Un
criterio vulgar sólo concede preeminencia al pro-
fundizador; otra, diversamente equivocado, al
iniciador. Muchos confunden lo asombroso y lo
nuevo, siendo suceso extravagante que entrambos se presenten en una misma obra artística,

pues la novedad nunca es áspera y en su principio muestra humilde impureza...

Todo arte es una prefijada costumbre de pensar la hermosura. La poesía gauchesca que acaso se inició en el Uruguay con las trovas de Hidalgo y que después erró gloriosamente por nuestra margen del río con Ascasubi, Estanislao del Campo, Hernández y Obligado, cierra hoy su gran órbita en las voces de Pedro Leandro Ipuche y de Silva Valdés.

La criolledad en Ipuche

La órbita del arte gauchesco ha sido siempre ribereña del Plata y el río innominado es como un armonioso corazón en la interioridad de su cuerpo y sus estrofas clásicas, que nada saben del chañar y del mistol, son decidoras del ombú y la flechilla. Ya en el siglo pasado la pampa dijo su primitiva gesta pastoril en el poema de Ascasubi, su burlería conversada en el *Fausto* y la previsión de un morir en las andanzas del *Martín Fierro*. Hoy las cuchillas del Uruguay son canoras. En este lado la única poesía de cuya hondura surge toda la pampa igual que una marea, es la regida por Ricardo Güiraldes. En la otra banda están Silva Valdés y Pedro Leandro Ipuche.

Los versos de Fernán Silva Valdés son posteriores en el tiempo a los compuestos por Ipuche y encarnan asimismo una etapa ulterior de la conciencia criolla. La criolledad en Silva Valdés está inmovilizada ya en símbolos y su lenguaje, demasiado consciente de su individuación, no sufre voces forasteras. En Ipuche el criollismo es una cosa viva que se entrevera con las otras. La palabra gauchesca en su dicción es una virtud más y los sujetos que maneja no son forzosamente patrios. Más aún: entre los motivos camperos suele conceder preeminencia a los que la leyenda no ha prestigiado. Su mayor decoro es el ritmo; su destreza en arrear fuertes rebaños de versos trashumantes, su inevitable rectitud de río bravo que fluye pecho adentro, enorgulleciéndonos. Las otras eficacias que hay en su dicción varonil —adjetivación pensativa, justedad trópica, gracia de narrador— pasan atropelladas y huidizas a flor de la preclara impetuosidad de su verbo. Esta omnipotencia del ritmo es índice veraz de la nerviosa entraña popular de su canto. No de otra suerte la lírica andaluza, tan callada de imágenes, se ostenta generosa en configuraciones estróficas y ha pluralizado su voz en la soleá y en la soleariya y en la alegría y en la cuarteta y en la seguidilla gitana.

Hay en Ipuche un sentido pánico de la selva. *Tierra honda* se intitula su mejor libro y el epíteto es decidor de un sentirse arraigado y amarrado a la tierra vivaz, de un echar dulces y anhelantes raíces en la tierra nativa. Yo adjetivé una vez *honda ciudad,* pensando en esas calles largas que rebasan el horizonte y por las cuales el suburbio va empobreciéndose y desgarrándose tarde afuera; pero la palabra en boca de Ipuche equivale a muy otra cosa, y habla de un sentimiento casi físico de la tierra que es grave bajo las errantes pisadas y en que está verbeneando un vivir atareado y primordial. Esa conciencia de entrevero gozoso afirma su más explícita realización en los *Poemas de la luz negra* y me recuerda siempre el verso de Lucrecio, donde la imagen de conjuntas ramadas esfuerza la otra imagen de los cuerpos que anudó la salacidad:

Tunc Venus in sylvis iungebat corpora amantum

Ipuche no es un ateísta si bien en los *Poemas de la luz negra* ensancha la presencia operativa que, al decir de los teólogos, le conviene a Dios en el mundo, en presencia esencial y se avecina al panteísmo. Su figuración de Dios, como luz, está en los maniqueos que también disolvieron la divinidad en almáciga de almas y apodaban lúcidas naves a la luna y al sol.

Ipuche es un notable gustador de la dialogación y señaladamente de la emulación amistosa y del compañerismo y del conjunto acuerdo en que se ayudan individualidades sueltas. Escasas son las composiciones suyas que mi corazón no ha sentido. Mi gratitud quiere hoy puntualizar la singular beneficencia que hube de las poesías *El corderito serrano, Mi vejez, La clisis, El caballo, Correría de la bandera* y *Los carreros.* Su verso es de total hombría, sabe de Dios y de los hombres y se ha mirado en los festivos rostros de la humana amistad y en la gran luna de la cavilación solitaria.

Una confesión última. He declarado el don de júbilo con que algunas estrofas de *Tierra honda* endiosaron mi pecho. Quiero asimismo confesar un bochorno. Rezando sus palabras, me ha estremecido largamente la añoranza del campo donde la criolledad se refleja en cada yuyito y he padecido la vergüenza de mi borrosa urbanidad en que la fibrazón nativa es ¡apenas! una tristeza noble ante el reproche de las querenciosas guitarras o ante esa urgente y sutil flecha que nos destinan los zaguanes antiguos en cuya hondura es límpido el patio como una firme rosa.

Interpretación de Silva Valdés

Inclinado el espíritu junto a los gustosísimos versos que ha adunado Fernán Silva Valdés bajo el nombre de *Agua del tiempo,* he realizado en ellos la presencia de la belleza, vivaz e indesmentible como la de la andariega sangre en el pulso. La he realizado con esa límpida evidencia que hay en el nadador al sentir que las grandes aguas urgen su carne con impetuosa generosidad de frescura. Mi empeño de hoy no es el de ponderar ese río ni mucho menos el de empañar su clara virtud, sino el de investigar sus manantiales, sus captaciones y su fuente. Quiero apurar si es un estuario antiguo o un arroyo novel, si su camino ha sido corredizo a la vera de firmes academias o de plebeyos campos, si es bisoña su

andanza o si hace largas noches que las constelaciones bajan a su cristal.

Es indócil la empresa. El romanticismo —ten-
dencia oracionera, desvirtuada después por hombres gárrulos como Schiller y Hugo— ha exacer-
bado la personalidad con tan ilógico tesón que
aún hoy se trata de materias estéticas en tono
igual al que se emplea en manifestar convicciones. Críticos hay que amparan el verso libre, no
por hallarlo eufónico, sino por un borroso sentimiento de democracia. Otros, como Almafuerte,
han querido borrar la distinción entre vocablos
literarios e inliterarios. Arbitrariedad tan absurda
como la de un algebrista que intentase situar en la
realidad las raíces pares de cantidades negativas o
la de un físico que recabase el don de transparen-
cia para los cuerpos opacos. En cuanto a mí, en
este apuntamiento sobre Silva Valdés no quiero
dictar normas, sino inscribir observaciones.

De las poesías más gustadoras y perfectas que
hay en su libro —*El poncho, El mate amargo, El
buey, El payador, El rancho*— elegiré la última
para desentrañarla. En su decurso, admirable de
continencia espiritual, de gesto criollo y de ritmo
de zarandeo, el poeta equipara el rancho a un pa-
jarraco huraño y a un gaucho viejo y memorioso.
Las imágenes son nuevas, el compás es inusitado,

el ambiente suyo sabe a palpable realidad y no a versos ajenos y sin embargo yo aseguraría que no es el principio de un arte inédito, sino la cristalización y casi la perdición de otro antiguo. La singularidad de sus metáforas es prueba de ello. ¿Qué arte novel supo jamás de traslaciones? En mis eventuales andanzas por la serie de ocho mil cantos populares que recopiló Rodríguez Marín y por las mil coplas patrias que ha enfilado, tras de un noble prefacio, Jorge M. Furt, he encontrado escasísimas metáforas. La propia lírica andaluza, tan amadora de la hipérbole, metaforiza con significativa parquedad y en lo atañedero a las sentencias figuradas que andan en boca del vulgo, son traslaciones ciegas en cuyo pretérito pasmo nadie repara. A un sentimiento nuevo no le conviene la línea curva de la imagen y sí la derechura del cotidiano decir. En cambio, ¡qué grato es entretejer guirnaldas de imágenes alrededor de un tema ya adentrado en la intimidad de las letras! Basta cualquier comparación perezosa para desgajar del cielo la luna y hacerla resbalar a nuestras manos, trémula y alelada. Cabe rememorar aquí lo que Schopenhauer dijo de las alusiones eróticas. Todos las desentrañan en seguida, pues la materia suya es vivaz en toda conciencia. De idéntico modo, si *El rancho* de Fernán Silva Valdés es bello y no asombroso meramente, ello se debe a que generaciones de payadores han poetizado acerca de ese sujeto, acostumbrándonos a pensarlo con devoción. Esa tapera que diseña, es la misma junto a la cual con bíblica sencillez trabaron amistad Santos Vega y el santiagueño Tolosa y es la que Estanislao del Campo anheló durante la quietación de la siesta, y es aquella en que Martín Fierro, harto de noche y de suicidio el espíritu, lloró varonilmente y es también la que cantó Elías Regules, dejándole un suspiro para que no estuviera tan sola y es el ranchito del cantar, dorado en la mañana... Pájaro de bandada es el verso, y en la garganta del cantor deberán confluir muchas voces para que su canto logre hermosura.

Silva Valdés, literatizando recientes temas urbanos, es una inexistencia: Silva Valdés, invocando el gauchaje antiguo, por el cual han orado tantas oscuras y preclaras vihuelas, es el primer poeta joven de la conjunta hispanidad.

Áspero privilegio del poeta, cuyo camino de perfección es calle de todos y que debe viajar a eternidad por el camino real que demasiadas músicas urgen; torpeza del poeta, cuyos versos más íntimos y decidores de su entraña de sombra, nacerán en labios ajenos.

Examen de metáforas

Los preceptistas Luis de Granada y Bernard Lamy se acuerdan en aseverar que el origen de la metáfora fue la indigencia del idioma. La traslación de los vocablos se inventó por pobreza y se frecuentó por gusto, arbitra el primero. La lengua más abundante se manifiesta alguna vez infructuosa y necesita de metáforas, corrobora el segundo.

Algún detenimiento metafísico reforzará impensadamente ambas afirmaciones. El mundo aparencial es un tropel de percepciones baraustadas. Una visión de cielo agreste, ese olor como de resignación que alientan los campos, la gustosa

70

acrimonia del tabaco enardeciendo la garganta,
el viento largo flagelando nuestro camino y la sumisa rectitud de un bastón ofreciéndose a nuestros dedos, caben aunados en cualquier conciencia, casi de golpe. El idioma es un ordenamiento
eficaz de esa enigmática abundancia del mundo.
Lo que nombramos sustantivo no es sino abreviatura de adjetivos y su falaz probabilidad, muchas veces. En lugar de contar frío, filoso, hirien-
te, inquebrantable, brillador, puntiagudo, enun-
ciamos *puñal;* en sustitución de ausencia de sol y
progresión de sombra, decimos que anochece.
Nadie negará que esa nomenclatura es un grandioso alivio de nuestra cotidianidad. Pero su fin
es tercamente práctico: es un prolijo mapa que
nos orienta por las apariencias, es un santo y seña
utilísimo que nuestra fantasía merecerá olvidar
alguna vez. Para una consideración pensativa,
nuestro lenguaje —quiero incluir en esta palabra todos los idiomas hablados— no es más que
la realización de uno de tantos arreglamientos
posibles. Sólo para el dualista son valederas su
traza gramatical y sus distinciones. Ya para el
idealista la antítesis entre la realidad del sustantivo y lo adjetivo de las cualidades no corrobora
una esencial urgencia de su visión del ser: es una
arbitrariedad que acepta a pesar suyo, como los

jugadores en la ruleta aceptan el cero. Ninguna prohibición intelectual nos veda creer que allende nuestro lenguaje podrán surgir otros distintos que habrán de correlacionarse con él como el álgebra con la aritmética y las geometrías no euclidianas con la matemática antigua. Nuestro lenguaje, desde luego, es demasiadamente visivo y táctil. Las palabras abstractas (el vocabulario metafísico, por ejemplo) son una serie de balbucientes metáforas, mal desasidas de la corporeidad y donde acechan enconados prejuicios. Buscarle ausencias al idioma es como buscar espacio en el cielo. La inconfidencia con nosotros mismos después de una vileza, el ruinoso y amenazador ademán que muestran en la madrugada las calles, la sencillez del primer farol albriciando el confiado anochecer, son emociones que con certeza de sufrimiento sentimos y que sólo son indicables en una torpe desviación de paráfrasis.

El lenguaje —gran fijación de la constancia humana en la fatal movilidad de las cosas— es la díscola forzosidad de todo escritor. Práctico, inliterario, mucho más apto para organizar que para conmover, no ha recabado aún su adecuación a la urgencia poética y necesita troquelarse en figuras.

Su inasistencia en la lírica popular

Esa apetencia de uniformidad justiciera que informa tantas opiniones, ha prejuzgado que la lírica popular no es menos numerosa de metáforas que la culta. Dos causas discernidas colaboran en esa especie: una esencial y la otra accidental. La esencial es la falsa oposición que establecieron los románticos entre la versificación académica, considerada con falsía como una ineficaz jactancia de trabas, y la espontaneidad del pueblo. Este contraste tiene la rareza de ser ficticio de ambos lados. En el academismo cabe mucho fervor, y buena prueba de ello es que a las épocas de docto rebuscar siguen las épocas barrocas. La imitación erudita es invariable prólogo de los afligimientos verbales.

La otra falacia estriba en suponer que toda copla popular es improvisación. Pocos versos habrá menos repentizados que esos cantares públicos que rebosantes de guitarra en guitarra, son rehechos por cada nuevo cantaor. De cada copla suelen convivir diversas lecciones, que ya no incluyen la primitiva tal vez. La causa accidental es el vistoso y llamativo prestigio que para los literatizados muestra la imagen. En la eventualidad de algunas coplas metafóricas, propaladas en demasía, se ha creído dar con el canon.

Yo afirmo la infrecuencia de metáforas en las coplas anónimas. Lo pruebo con los ocho mil cantares que recogió Rodríguez Marín y publicó en Sevilla el ochenta y tres.

Donde son turbamulta los testigos, no han de faltar muchísimos que me desmientan, pero llevo razón en lo esencial. Apartando muchas hipérboles que luego manifestaré, todas las traslaciones populares están en esas equivalencias sencillas que confunden la novia con la estrella, la niña con la flor, los labios y el clavel, la mudanza y la luna, la dureza y la piedra, el gozamiento de un querer y el viñedo. Claras imágenes ante cuya lisa evidencia es dócil todo corazón y cuyo inicial pecado de hallazgo fueron ungiendo y perdonando los siglos.

La poesía del pueblo, nada curiosa de comparaciones, se desquita en hipérboles altivas. Esto no es asombroso, pues hay una esencial desemejanza entre ambas figuras. La metáfora es una ligazón entre dos conceptos distintos: la hipérbole ya es la promesa del milagro. Con esperanza casi literal manifestó el salmista: *Los ríos aplaudirán con la mano, y juntamente brincarán de gozo los montes delante del Señor.* Con esa misma voluntad de magia, con ese ahínco milagroso, dicen los cantaores (*obra citada*, 2):

1599   *Cuando mi niña ba a misa*
           La ilesia se resplandece;
           Hasta la yerba que pisa
           Si está seca, reberdese.

1513   *El naranjo de tu patio*
           Cuando te acercas a él
           Se desprende de las flores
           Y te las echa a los pies.

1389   *Cuando b'andando*
           Rosas y lirios ba derramando.

Grandiosa hipérbole, ya sin ahínco de alucinación, es esta que copio:

2775   *Quisiera ser el sepulcro*
           Donde te van a enterrar,
           Para tenerte abrazada
           Por toda la eternidad.

Quiero añadir alguna observación sobre la parcidad de metáforas en la poesía popular y el vocinglero alarde que hacen de ellas los literatos cultos. La aclaración es fácil. Al coplista plebeyo, constreñido por la costumbre no sólo a ciertos

temas sino a un manejo tradicional de esos temas, no puede interesarle la metáfora nueva,
cuyo efecto más inmediato es el azoramiento.
Sorpresa y burla se le antojan sinónimos. Las an-
chas emociones primordiales —dolor de ausencia, regocijo de un amor contestado, ensalza-
miento de la novia— son las únicas poetizables
para su instinto. Le atañe lo sobresaliente que hay
en toda aventura humana, no las parciales excepciones. Al literato le interesa su vida, su costumbre de vida en función de desemejanza con los
existires ajenos.

El coplista versifica lo individual; el poeta cul-
to, lo meramente personal. (Una psicología desaliñada suele confundir ambos términos, pero
ellos son contrarios. Diré un ejemplo. La personalidad no colabora en el acto genésico, donde se
manifiesta por entero la individualidad.)

Su ordenación

Allende la secuencia de traslaciones que ya legali-
zaron los preceptistas clásicos, he concertado la
siguiente ordenanza que a pesar de ser incompleta es apta para evidenciar la poquedumbre de los
elementos que componen la lírica.

a) *La traslación que sustantiva los conceptos abstractos*

Es artimaña de hombre sensitivo a quien lo aparencial y ajeno del mundo se le antoja más evidente que la propia conciencia de su yo.
Ejemplos:
Palabras como *remordimiento, gloria, cultura.*
La estrofa:

> *Mas nos llevan los rigores*
> *Como el pampero a la arena.*
> (Martín Fierro)

b) *Su inversión: La imagen que sutiliza lo concreto*

Es artimaña propia de insensuales y de meditabundos y es muy escasa aún.
Ejemplos:
Las hojas soñolientas y cansadas de sol.
> (Lenau)

La estrofa:

> *Y palomas violetas salen como recuerdos*
> *De las viejas paredes arrugadas y oscuras.*
> (Herrera y Reissig)

c) *La imagen que aprovecha una coincidencia de formas*

Es artimaña muy vistosa y traviesa, más eficaz para asombrar que para enternecer.

Ejemplos:

Los pájaros remando con las alas (Virgilio).

La luna equiparada a un cero, a un girasol, a una jofaina, a un trompo, a una calavera, a un ovillo, a un semáforo, a una pantalla, a una moneda, a un globo, a un as de oros (Lugones).

d) *La imagen que amalgama lo auditivo con lo visual, pintarrajeando los sonidos o escuchando las formas*

Es artimaña tan usual que toda erudición por indigente que sea puede ostentarse generosa en mostrarla. De paso, cabe recordar los dogmas que acerca del color de las vocales fueron propuestos por los simbolistas —tal vez en pos de incitaciones de asombro— y que tras de haber atareado la estupidez internacional de los doctos, fueron adjudicados al olvido.

Ejemplos:

Tacitum lumen-luz callada (Virgilio).

Voz pintada, canto alado (Quevedo, a un pájaro canoro).

*El esplendor sangriento que el día en alejándose
lanza como una maldición* (Browning).

*El horizonte se ha tendido
como un grito a lo largo de la tarde.*
                                (Norah Lange)

e) *La imagen que a la fugacidad del tiempo da la fijeza del espacio*
    Ejemplos:
    *Cuando su cabellera está dispuesta en tres oscu-
ras trenzas, me parece mirar tres noches juntas*
(Las 1001 Noches).

    *Una última noche, angosta como un lecho, leño-
sa, rectangular y húmeda* (J. Becher).

f) *La inversa: La metáfora que desata el espacio
sobre el tiempo*
    Ejemplos:
    El puente como un pájaro vuela encima del río
(Hölderlin).

    *El acueducto, gran galope de piedra a través de
los campos* (Ramón).

    *Los arco iris
saltan hípicamente el desierto.*
                        (Guillermo de Torre)

g) *La imagen que desmenuza una realidad, reba-
jándola en negación*

Es artimaña predilecta de todos nuestros clásicos que abatieron a pura nadería la inestabilidad
de las cosas.

Ejemplos:
Que pasados los siglos, horas fueron (Calderón).
El hombre es nadería consciente de sí misma
(Julius Bahnsen).

h) *La inversa: La artimaña que sustantiva nega-
ciones*
Ejemplos:
Por la oscura región de vuestro olvido (Garcilaso).
Habla el silencio allí (Cervantes).
*...eran tantos ausentes en el café que a faltar una
persona más, ya no cabe...* (Macedonio Fernández).

i) *La imagen que para engrandecer una cosa aislada la multiplica en numerosidad*

Conviene recordar aquí el *pluralis maiestaticus* de
los teólogos y la hechura plural del nombre *Elo-
him* que adjudica a Dios la Escritura. Plural es
asimismo la voz *behemoth* que en el libro de Job es
la designación de un monstruo temible.

Ejemplos:

Me arremetió el tropel de un borracho bosteza-dor de bodegas (Torres Villarroel).

Toda la charra multitud de un ocaso (J. L. B.).

Pero es inútil proseguir esta labor clasificatoria comparable a un diseño sobre papel cuadricula-do. Ya he desentrañado bastantes imágenes para que sea posible y casi segura la suposición de que cada una de ellas es referible a un arquetipo, del cual pueden deducirse a su vez pluralizados ejemplos, tan bellos como el inicial.

Hay libros que son como un señalamiento de la enteriza posibilidad metafórica de un alma o de un estilo. En castellano deben señalarse como vi-vas almácigas de tropos los sonetos de Góngora; la *Hora de todos,* de Quevedo; los *Peregrinos de piedra,* de Herrera y Reissig; *El divino fracaso,* de Rafael Cansinos Asséns, y el *Lunario sentimental,* de Lugones. Un ordenamiento que bastase para la intelección total de las metáforas que cualquier libro de los antedichos incluye sería —tal vez— aplicable a toda la lírica, y su escritura no ofrece-ría grandes trabas. Tal sistema sólo parecerá im-posible a quienes niegan el infinito poder arre-glador de nuestra inteligencia. A Eugenio Montes le regalo esta geométrica soñación.

Norah Lange

L as noches y los días de Norah Lange son remansados y lucientes en una quinta que no demarcaré con mentirosa precisión topográfica y de la cual me basta señalar que está en la misma hondura de la tarde, junto a esas calles grandes del oeste con quienes es piadoso el último sol y en que el rojizo enladrillado de las altas aceras es un trasunto del poniente cuya luz es como una fiesta pobre para los terrenos finales. En esos aledaños conocí a Norah, preclara por el doble resplandor de sus crenchas y de su altiva juventud, leve sobre la tierra. Leve y altiva y fervorosa como bandera que se realiza en el viento, era también su alma. En ese tibio ayer, que tres años prolijos no han forasterizado en mí, comenzaba el ultraísmo en tie-

rras de América y su voluntad de renuevo que fue
traviesa y brincadora en Sevilla, resonó fiel y apasionada en nosotros. Aquélla fue la época de *Prisma,* la hoja mural que dio a las ciegas paredes y a
las hornacinas baldías una videncia transitoria y
cuya claridad sobre las casas era ventana abierta
frente a cielos distintos, y de *Proa* cuyas tres hojas
eran desplegables como ese espejo triple que hace
movediza y variada la gracia inmóvil de la mujer
que refleja. Para nuestro sentir los versos contem-
poráneos eran inútiles como incantaciones gasta-
das y nos urgía la ambición de hacer lírica nueva.
Hartos estábamos de la insolencia de palabras y
de la musical indecisión que los poetas del novecientos amaron y solicitamos un arte impar y eficaz en que la hermosura fuese innegable como la
alacridad que el mes de octubre insta en la carne
juvenil y en la tierra. Ejercimos la imagen, la sentencia, el epíteto, rápidamente compendiosos. Y
en esa iniciación advino a nuestra fraternidad
Norah Lange y escuchamos sus versos, conmove-
dores como latidos, y vimos que su voz era semejante a un arco que lograba siempre la pieza y que
la pieza era una estrella. ¡Cuánta eficacia limpia en
esos versos de chica de quince años! En ellos res-
plandecen dos distinciones: cronológica y propia
de nuestro tiempo la una y misteriosamente indi-

vidual la segunda. La primera es la noble prodiga-
lidad de metáforas que ilustra las estancias y cuyo
encuentro de hermandades imprevisibles justifica la evocación de las grandes fiestas de imágenes
que hay en la prosa de Cansinos Asséns y la de los
escaldas remotos —¿no es Norah, acaso, de rai-
gambre noruega?— que apodaban a los navíos
potros del mar y a la sangre, agua de la espada. La
segunda es la parvedad de cada poesía, parvedad inevitable y esencial cuya estirpe más fácil
está en las coplas que han brotado a la vera de la
guitarra hispánica y resurgen hoy junto al pozo,
también oscuro y fresco y dolorido, de la guitarra
patria.

El tema es el amor: la expectativa ahondada
del sentir que hace de nuestras almas cosas des-
garradas y ansiosas, como los dardos en el aire,
ávidos de su herida. Ese anhelo inicial informa
en ella las visiones del mundo y le hace traducir
el horizonte en grito alargado y la noche en plegaria y la sucesión de días claros en un rosario
lento. Tropos que he sopesado en mi soledad,
por caminatas y sosiego, y que me parecen verí-
dicos.

Con enhiesta esperanza, con generosidad de
lejanías, con arcilla frágil de ocasos, ha modelado
Norah este volumen. Quiero que mis palabras

encareciéndola sean como las hogueras de cedro que alegraban en una fiesta bíblica las atentas colinas y que anunciaban la luna nueva a los hombres.

Buenos Aires

Ni de mañana ni en la diurnalidad ni en la noche vemos de veras la ciudad. La mañana es una prepotencia de azul, un asombro veloz y numeroso atravesando el cielo, un cristalear y un despilfarro manirroto de sol amontonándose en las plazas, quebrando con fícticia lapidación los espejos y bajando por los aljibes insinuaciones largas de luz. El día es campo de nuestros empeños o de nuestra desidia, y en su tablero de siempre sólo ellos caben. La noche es el milagro trunco: la culminación de los macilentos faroles y el tiempo en que la objetividad palpable se hace menos insolente y menos maciza. La madrugada es una cosa infame y rastrera, pues encubre la gran conjuración tramada para poner en pie todo aquello que fracasó diez horas antes, y va alineando calles, decapitando luces y repintando colores por los idénticos lugares de la tarde anterior, hasta que nosotros —ya con la ciudad al cuello y el día abismal unciendo nuestros hombros— tenemos que rendirnos a la desatinada plenitud de su triunfo y resignarnos a que nos remachen un día más en el alma.

Queda el atardecer. Es la dramática altercación y el conflicto de la visualidad y de la sombra, es como un retorcerse y un salirse de quicio de las cosas visibles. Nos desmadeja, nos carcome y nos manosea, pero en su ahínco recobran su sentir humano las calles, su trágico sentir de volición que logra perdurar en el tiempo, cuya entraña misma es el cambio. La tarde es la inquietud de la jornada, y por eso se acuerda con nosotros que también somos inquietud. La tarde alista un fácil declive para nuestra corriente espiritual y es a fuerza de tardes que la ciudad va entrando en nosotros.

A despecho de la humillación transitoria que logran infligirnos algunos eminentes edificios, la visión total de Buenos Aires nada tiene de enhiesta. No es Buenos Aires una ciudad izada y as-

cendente que inquieta la divina limpidez con éxtasis de asiduas torres o con chusma brumosa de
chimeneas atareadas. Es más bien un trasunto de
la planicie que la ciñe, cuya derechura rendida
tiene continuación en la rectitud de calles y casas.
Las líneas horizontales vencen las verticales. Las
perspectivas —de moradas de uno o dos pisos,
enfiladas y confrontándose a lo largo de las leguas
de asfalto y piedra— son demasiado fáciles para
no parecer inverosímiles. Atraviesan cada encrucijada cuatro infinitos. En la alta noche, al recorrer la ciudad que simplifican la dura sombra y
nuestro rendimiento quejoso, nos hemos azorado
a veces ante las interminables calles que cruzan
nuestro camino y hemos desfallecido apuñala-
dos, mejor dicho alanceados y aun tiroteados por
la distancia. ¡Y en los alrededores del crepúsculo!
Acontecen gigantescas puestas de sol que suble-
van la hondura de la calle y apenas caben en el
cielo. Para que nuestros ojos sean flagelados por
ellas en su entereza de pasión, hay que solicitar
los arrabales que oponen su mezquindad a la
pampa. Ante esa indecisión de la urbe donde las
casas últimas asumen un carácter temerario
como de pordioseros agresivos frente a la enormidad de la absoluta y socavada llanura, desfilan
grandemente los ocasos como maravilladores

barcos enhiestos. Quien ha vivido en serranía no
puede concebir esos ponientes, pavorosos como
arrebatos de la carne y más apasionados que una
guitarra. Ponientes y visiones de suburbio que están aún —perdónenme la pedantería— en su
aseidad, pues el desinterés estético de los arrabales porteños es patraña divulgadísima entre nosotros. Yo, que he enderezado mis versos a contradecir esa especie, sé demasiado acerca del desvío
que muestran todos en alabándoles la desgarrada
belleza de tan cotidianos lugares...

He mentado hace unos renglones las casas.
Ellas constituyen lo más conmovedor que existe
en Buenos Aires. Tan lastimeramente iguales,
tan incomunicadas en su apretujón estrechísi-
mo, tan únicas de puerta, tan petulantes de ba-
laustradas y de umbralitos de mármol, se afirman a la vez tímidas y orgullosas. Siempre cam-
pea un patio en el costado, un pobre patio que
nunca tiene surtidor y casi nunca tiene parra o
aljibe, pero que está lleno de patricialidad y de
primitiva eficacia, pues está cimentado en las
dos cosas más primordiales que existen: en la
tierra y el cielo.

Estas casas de que hablo son la traducción, en
cal y ladrillo, del ánimo de sus moradores y expre-
san: Fatalismo. No el fatalismo rencoroso y

anárquico que se esgrime en España, sino el burlón y criollo que informa el *Fausto* de Estanislao del Campo y aquellas estrofas del *Martín Fierro* que no humilla un prejuicio de barata doctrina liberal. Un fatalismo que no detiene la acción, pero que se ve en las lindes de todo esfuerzo el fracaso...

Quiero hablar también de las plazas. Y en Buenos Aires las plazas —nobles piletas abarrotadas de frescor, congresos de árboles patricios, escenarios para las citas románticas— son el remanso único donde por un instante las calles renuncian a su geometralidad persistente y rompen filas y se dispersan corriendo como después de una pueblada.

Si las casas de Buenos Aires son una afirmación pusilánime, las plazas son una ejecutoria de momentánea nobleza concedida a todos los paseantes que cobija.

Casas de Buenos Aires con azoteas de baldosa colorada o de cinc, desprovistas de torres excepcionales y de briosos aleros, comparables a pájaros mansos con las alas cortadas. Calles de Buenos Aires profundizadas por el transitorio organillo que es la vehemente publicidad de las almas, calles deleitables y dulces en la gustación del recuerdo, largas como la espera, calles donde camina la esperanza que es la memoria de lo que vendrá, calles enclavadas y firmes tan para siempre en mi querer. Calles que silenciosamente se avienen con la noble tristeza de ser criollo. Calles y casas de la patria. Ojalá en su ancha intimidad vivan mis días venideros.

La nadería de la personalidad

Intencionario.

Quiero abatir la excepcional preeminencia que hoy suele adjudicarse al yo: empeño a cuya realización me espolea una certidumbre firmísima, y no el capricho de ejecutar una zalagarda ideológica o atolondrada travesura del intelecto. Pienso probar que la personalidad es una trasoñación, consentida por el engreimiento y el hábito, mas sin estribaderos metafísicos ni realidad entrañal. Quiero aplicar, por ende, a la literatura las consecuencias dimanantes de esas premisas, y levantar sobre ellas una estética, hostil al psicologismo que nos dejó el siglo pasado, afecta a los clásicos y empero alentadora de las más díscolas tendencias de hoy.

Derrotero.

He advertido que en general la aquiescencia concedida por el hombre en situación de leyente a un riguroso eslabonamiento dialéctico, no es más que una holgazana incapacidad para tantear las pruebas que el escritor aduce y una borrosa confianza en la honradez del mismo. Pero una vez cerrado el volumen y dispersada la lectura, apenas queda en su memoria una síntesis más o menos arbitraria del conjunto leído. Para evitar desventaja tan señalada, desecharé en los párrafos que siguen toda severa urdimbre lógica y hacinaré los ejemplos.

No hay tal yo de conjunto. Cualquier actualidad de la vida es enteriza y suficiente. ¿Eres tú acaso al sopesar estas inquietudes algo más que una indiferencia resbalante sobre la argumentación que señalo, o un juicio acerca de las opiniones que muestro?

Yo, al escribirlas, sólo soy una certidumbre que inquiere las palabras más aptas para persuadir tu atención. Ese propósito y algunas sensaciones musculares y la visión de límpida enramada que ponen frente a mi ventana los árboles, construyen mi yo actual.

Fuera vanidad suponer que ese agregado psíquico ha menester asirse a un yo para gozar de validez absoluta, a ese conjetural Jorge Luis Borges en cuya lengua cupo tanto sofisma y en cuyos solitarios paseos los tardeceres del suburbio son gratos.

No hay tal yo de conjunto. Equivócase quien define la identidad personal como la posesión privativa de algún erario de recuerdos. Quien tal afirma, abusa del símbolo que plasma la memoria en figura de duradera y palpable troj o almacén, cuando no es sino el nombre mediante el cual indicamos que entre la innumerabilidad de todos los estados de conciencia, muchos acontecen de nuevo en forma borrosa. Además, si arraiga la personalidad en el recuerdo, ¿a qué tenencia pretender sobre los instantes cumplidos que, por cotidianos o añejos, no estamparon en nosotros una grabazón perdurable? Apilados en años, yacen inaccesibles a nuestra anhelante codicia. Y esa decantada memoria a cuyo fallo hacéis apelación, ¿evidencia alguna vez toda su plenitud de pasado? ¿Vive acaso en verdad? Engáñanse también quienes como los sensualistas, conciben tu personalidad como adición de tus estados de ánimo enfilados. Bien examinada, su fórmula no es más que un vergonzante rodeo que socava el propio basamento que construye; ácido apurador de sí mismo; palabrero embeleco y contradicción trabajosa.

Nadie pretenderá que en el vistazo con el cual abarcamos toda una noche límpida, esté prefigurado el número exacto de las estrellas que hay en ella.

Nadie, meditándolo, aceptará que en la conjetural y nunca realizada ni realizable suma de diferentes situaciones de ánimo, pueda estribar el yo. Lo que no se lleva a cabo no existe, y el eslabonamiento de los hechos en sucesión temporal no los refiere a un orden absoluto. Yerran también quienes suponen que la negación de la personalidad que con ahínco tan pertinaz voy urgiendo, desmiente esa certeza de ser una cosa aislada, individualizada y distinta que cada cual siente en las honduras de su alma. Yo no niego esa conciencia de ser, ni esa seguridad inmediata del *aquí estoy yo* que alienta en nosotros. Lo que sí niego es que las demás convicciones deban ajustarse a la consabida antítesis entre el yo y el no yo, y que ésta sea constante. La sensación de frío y de espaciada y grata soltura que está en mí al atravesar el zaguán y adelantarme por la casi oscuridad callejera, no es una añadidura a un yo preexistente ni un suceso que trae apareado el otro suceso de un yo continuo y riguroso.

Además, aunque anduviesen desacertadas las anteriores razones, no daría yo mi brazo a torcer, ya que tu convencimiento de ser una individualidad es

en un todo idéntico al mío y al de cualquier espéci-
men humano, y no hay manera de apartarlos.

No hay tal yo de conjunto. Basta caminar algún
trecho por la implacable rigidez que los espejos
del pasado nos abren, para sentirnos forasteros y
azorarnos cándidamente de nuestras jornadas
antiguas. No hay en ellas comunidad de intencio-
nes, ni un mismo viento las empuja. Lo han declarado así aquellos hombres que escudriñaron
con verdad los calendarios de que fue descartán-
dolos el tiempo. Unos, botarates como cohetes,
se vanaglorian de tan entreverada confusión y dicen que la disparidad es riqueza; otros, lejos de
encaramar el desorden, deploran lo desigual de
sus días y anhelan la popular lisura. Copiaré dos
ejemplos. El primero lleva por fecha el año 1531 y
es el epígrafe del libro *De Incertitudine et Vanitate
Scientiarum* que en las desengañadas postrimerías de su vida compuso el cabalista y astrólogo
Agrippa de Nettesheim. Dice de esta manera:

*Entre los dioses, sacuden a todos las befas de Momo.
Entre los héroes, Hércules da caza a todos los mons-
truos.
Entre los demonios, el Rey del Infierno, Plutón,
oprime todas las sombras.
Mientras Heráclito ante todo llora.*

Nada sabe de nada Pirrón.
Y de saberlo todo se glorifica Aristóteles.
Despreciador de lo mundanal es Diógenes.
A nada de esto, yo Agrippa, soy ajeno.
Desprecio, sé, no sé, persigo, río, tiranizo, me quejo.
Soy filósofo, dios, héroe, demonio y el universo en-
tero.

La atestiguación segunda la saco del tercer trozo de la *Vida e historia* de Torres Villarroel. Este
sistematizador de Quevedo, docto en estrellería,
dueño y señor de todas las palabras, avezado al
manejo de las más gritonas figuras, quiso también definirse, y palpó su fundamental incon-
gruencia; vio que era semejante a los otros, vale
decir, que no era nadie, o que era apenas una al-
garada confusa, persistiendo en el tiempo y fati-
gándose en el espacio. Escribió así:

Yo tengo ira, miedo, piedad, alegría, tristeza, codicia,
largueza, furia, mansedumbre y todos los buenos y
malos afectos y loables y reprehensibles ejercicios que
se puedan encontrar en todos los hombres juntos o se-
parados. Yo he probado todos los vicios y todas las
virtudes, y en un mismo día me siento con inclinación
a llorar y a reír, a dar y a retener, a holgar y a padecer,
y siempre ignoro la causa y el impulso destas contra-
riedades. A esta alternativa de movimientos con-

trarios, he oído llamar locura; y si lo es, todos somos
locos, grado más o menos, porque en todos he adver-
tido esta impensada y repetida alteración.

No hay tal yo de conjunto. Allende toda posibilidad de sentenciosa tahurería, he tocado con mi
emoción ese desengaño en trance de separarme
de un compañero. Retornaba yo a Buenos Aires y
dejábale a él en Mallorca. Entrambos comprendi-
mos que salvo en esa cercanía mentirosa o distinta que hay en las cartas, no nos encontraríamos
más. Aconteció lo que acontece en tales momentos. Sabíamos que aquel adiós iba a sobresalir en
la memoria, y hasta hubo etapa en que intenta-
mos adobarlo, con vehemente despliegue de opiniones para las añoranzas venideras. Lo actual
iba alcanzando así todo el prestigio y toda la inde-
terminación del pasado...

Pero encima de cualquier alarde egoísta, vo-
ceaba en mi pecho la voluntad de mostrar por entero mi alma al amigo. Hubiera querido desnu-
darme de ella y dejarla allí palpitante. Seguimos
conversando y discutiendo, al borde del adiós,
hasta que de golpe, con una insospechada firmeza de certidumbre, entendí ser nada esa personalidad que solemos tasar con tan incompatible
exorbitancia. Ocurrióseme que nunca justificaría

mi vida un instante pleno, absoluto, contenedor de los demás, que todos ellos serían etapas provisorias, aniquiladoras del pasado y encaradas al porvenir, y que fuera de lo episódico, de lo presente, de lo circunstancial, no éramos nadie. Y abominé de todo misteriosismo.

*

El siglo pasado, en sus manifestaciones estéticas, fue raigalmente subjetivo. Sus escritores antes propendieron a patentizar su personalidad que a levantar una obra; sentencia que también es aplicable a quienes hoy, en turba caudalosa y aplaudida, aprovechan los fáciles rescoldos de sus hogueras. Pero mi empeño no está en fustigar a unos ni a otros, sino en considerar la viacrucis por donde se encaminan fatalmente los idólatras de su yo. Ya hemos visto que cualquier estado de ánimo, por advenedizo que sea, puede colmar nuestra atención; vale decir, puede formar, en su breve plazo absoluto, nuestra esencialidad. Lo cual, vertido al lenguaje de la literatura, significa que procurar expresarse, y querer expresar la vida entera, son una sola cosa y la misma. Afanosa y jadeante correría entre el envión del tiempo y el hombre, quien a

semejanza de Aquiles en la preclara adivinanza
que formuló Zenón de Elea, siempre se verá re-
zagado...

Whitman fue el primer Atlante que intentó
realizar esa porfía y se echó el mundo a cuestas.
Creía que bastaba enumerar los nombres de las
cosas, para que enseguida se tantease lo únicas y
sorprendentes que son. Por eso, en sus poemas,
junto a mucha bella retórica, se enristran gárrulas
series de palabras, a veces calcos de textos de
Geografía o de Historia, que inflaman enhiestos
signos de admiración, y remedan altísimos entu-
siasmos.

De Whitman acá, muchos se han enredado en
esa misma falacia. Han dicho de esta suerte:

*No he mortificado el idioma en busca de agudezas
imprevistas o de maravillas verbales. No he urdido ni
una leve paradoja capaz de alborotar vuestra charla
o de chisporrotear por vuestro laborioso silencio.
Tampoco inventé un cuento al derredor del cual se
apiñarán las largas atenciones como en la recordación se apiñan muchas horas inútiles al derredor de
una hora en que hubo amor. Nada de eso hice ni de-
termino hacer y sin embargo quiero perdurar en la
fama. Mi justificación es la que sigue: Yo soy un
hombre atónito de la abundancia del mundo: yo*

atestiguo la unicidad de las cosas. Al igual de los más preclaros varones, mi vida está ubicada en el espacio, y las campanadas de los relojes unánimes jalonan mi duración por el tiempo. Las palabras que empleo no son resabios de aventadas lecturas, sino señales que signan lo que he sentido o contemplado. Si alguna vez menté la aurora, no fue por seguir la corriente fácil de uso. Os puedo asegurar que sé lo que es la Aurora: he visto, con alborozo premeditado, esa explosión, que ahueca el fondo de las calles, amotina los arrabales del mundo, humilla las estrellas y ensancha en muchas leguas el cielo. Sé también lo que son un jacarandá, una estatua, un prado, una cornisa.... Soy semejante a todos los demás. Ésa es mi jactancia y mi gloria. Poco importa que la haya proclamado en versos ruines o en prosa mazorral.

Lo mismo, con más habilidad y mayor maestría, afirman los pintores. ¿Qué es la pintura de hoy —la de Picasso y sus alumnos—, sino la verificación absorta de la preciosa unicidad de un rey de espadas, de un quicial, o de un tablero de ajedrez? La egolatría romántica y el vocinglero individualismo van así desbaratando las artes. Gracias a Dios que el prolijo examen de minucias espirituales que éstos imponen al artista, le hacen volver a esa eterna derechura clásica que es la creación. En un libro como *Greguerías* ambas tendencias entremezclan sus aguas e ignoramos al leerlo si lo que imanta nuestro interés con fuerza tan única es una realidad copiada o es pura forja intelectual.

El yo no existe. Schopenhauer, que parece arrimarse muchas veces a esa opinión la desmiente tácitamente, otras tantas, no sé si adrede o si forzado a ello por esa basta y zafia metafísica —o más bien ametafísica—, que acecha en los principios mismos del lenguaje. Empero, y pese a tal disparidad, hay un lugar en su obra que a semejanza de una brusca y eficaz lumbrerada, ilumina la alternativa. Traslado el tal lugar que, castellanizado, dice así:

Un tiempo infinito ha precedido a mi nacimiento; ¿qué fui yo mientras tanto? Metafísicamente podría quizá contestarme: Yo siempre fui yo; es decir, todos aquellos que dijeron yo durante ese tiempo, fueron yo en hecho de verdad.

La realidad no ha menester que la apuntalen otras realidades. No hay en los árboles divinidades ocultas, ni una inagarrable cosa en sí detrás de las apariencias, ni un yo mitológico que ordena nuestras acciones. La vida es apariencia verdadera. No engañan los sentidos, engaña el entendimiento, que dijo Goethe: sentencia que podemos comparar con este verso de Macedonio Fernández:

La realidad trabaja en abierto misterio.

No hay tal yo de conjunto. Grimm, en una excelente declaración del budismo (*Die Lehre des Buddba,* München, 1917), narra el procedimiento eliminador mediante el cual los indios alcanzaron esa certeza. He aquí su canon milenariamente eficaz: *Aquellas cosas de las cuales puedo advertir los principios y la postrimería, no son mi yo.* Esa norma es verídica y basta ejemplificarla para persuadirnos de su virtud. Yo, por ejemplo, no soy la realidad visual que mis ojos abarcan, pues de serlo me mataría toda oscuridad y no quedaría nada en mí para desear el espectáculo del mundo ni siquiera para olvidarlo. Tampoco soy las audiciones que escucho pues en tal caso debería borrarme el silencio y pasaría de sonido en sonido, sin memoria del anterior. Idéntica argumentación se endereza después a lo olfativo, lo gustable y lo táctil y se prueba con ello, no solamente que no soy el mundo aparencial —cosa notoria y sin disputa— sino que las apercepciones que lo señalan tampoco son mi yo. Esto es, no soy mi actividad de ver, de oír, de oler, de gustar, de palpar. Tampoco soy mi cuerpo, que es fenómeno entre los otros. Hasta ese punto el argumento es baladí, siendo lo insigne su aplicación a lo espiritual. ¿Son el deseo, el pensamiento, la dicha y la congoja mi verdadero yo? La respuesta, de acuerdo con el canon, es claramente negativa, ya que estas afecciones caducan sin anonadarme con ellas. La conciencia —último escondrijo posible para el emplazamiento del yo— se manifiesta inhábil. Ya descartados los afectos, las percepciones forasteras y hasta el cambiadizo pensar, la conciencia es cosa baldía, sin apariencia alguna que la exista reflejándose en ella.

Observa Grimm que este prolijo averiguamiento dialéctico nos deja un resultado que se acuerda con la opinión de Schopenhauer, según la cual el yo es un punto cuya inmovilidad es eficaz para determinar por contraste la cargada fuga del tiempo. Esta opinión traduce el yo en una mera urgencia lógica, sin cualidades propias ni distinciones de individuo a individuo.

E. González Lanuza

Hay que trazar una distinción fina y honda entre los propósitos íntimos que motivaron el ultraísmo en España y los que aquí le hicieron frutecer en claras espigas, dispersadas las unas y agavilladas en ulteriores libros las otras. El ultraísmo de Sevilla y Madrid fue una voluntad de renuevo, fue la voluntad de ceñir el tiempo del arte con un ciclo novel, fue una lírica escrita como con grandes letras coloradas en las hojas del calendario y cuyos más preclaros emblemas —el avión, las antenas y la hélice— son decidores de una actualidad cronológica. El ultraísmo en Buenos Aires fue el anhelo de recabar un arte absoluto que no dependiese del prestigio infiel de las voces y que durase en la perennidad del idioma como una

certidumbre de hermosura. Bajo la enérgica claridad de las lámparas fueron frecuentes, en los ce-
náculos españoles, los nombres de Huidobro y de
Apollinaire. Nosotros, mientras tanto, sopesába-
mos líneas de Garcilaso, andariegos y graves a lo
largo de las estrellas del suburbio, solicitando un
límpido arte que fuese tan intemporal como las
estrellas de siempre. Abominamos los matices
borrosos del rubenismo y nos enardeció la metáfora por la precisión que hay en ella, por su algé-
brica forma de correlacionar lejanías.

Entre nosotros, ninguno tan vehemente en su
fervor como González Lanuza. A nuestro parvo
agrupamiento de criollos, desganado y burlón,
trajo González un robusto alborozo de cantábri-
co, una roja alegría como de tamboriles y pífanos
y leños de San Juan. Su entusiasmo era caudaloso
como el de un río montañés. Con él publiqué
Prisma —primera, única e ineficaz revista mural— y fue su voz la que propuso, ya bajo los din-
teles del alba, que pegásemos un ejemplar en la
luna, grande y baldía a la sazón y a ras del suelo...

Desde ese ayer han sucedido tres años. Hoy
González Lanuza ha publicado el libro de poemas que es la motivación de este examen. He leído sus versos admirables, he paladeado la dulce
mansedumbre de su música, he sentido cumpli-

damente la grandeza de algunas traslaciones,
pero también he comprobado que, sin quererlo,
hemos incurrido en otra retórica, tan vinculada
como las antiguas al prestigio verbal. He visto
que nuestra poesía, cuyo vuelo juzgábamos suelto y desenfadado, ha ido trazando una figura
geométrica en el aire del tiempo. Bella y triste
sorpresa la de sentir que nuestro gesto de entonces, tan espontáneo y fácil, no era sino el comienzo torpe de una liturgia.

Todos los motivos del ultraísmo están entrete-
jidos con ahincada pureza en el volumen que de-
claro. Todas las voces fáusticas que intentan enla-
zar la lejanía y cuya sola anunciación es memora-
ble del desangrarse del tiempo, son omnipotentes
en él. La tarde que no está nunca entre nosotros,
sino en el cielo; el grito, que es un emblema del
dolor de lo efímero, así como el irrevocable beso
lo es de su gracia; el silencio, que es una pura negación hecha encanto: el ocaso que atañe doble-
mente a una lontananza espacial y a una perdición de las horas; el pájaro y la senda, que son la
misma fugacidad hecha símbolo, están grabados
en cada página suya. González Lanuza ha hecho
el libro ejemplar del ultraísmo y ha diseñado un
meandro de nuestro unánime sentir. Su libro, pobre de intento personal, es arquetípico de una ge-

neración. Son inmerecedores de ese nombre los
demás himnarios recientes. Estorba en *Hélices* de
Guillermo de Torre la travesura de su léxico huraño, en *Andamios interiores* de Maples Arce la burlería, en *Barco ebrio* de Reyes la prepotencia del
motivo del mar, en la compleja limpidez de *Imagen* de Diego la devoción exacerbada a Huidobro, en *Kindergarten* de Bernárdez la brevedad
pueril de emoción, en la bravía y noble *Agua del
tiempo* la primacía de sujetos gauchescos y en mi
Fervor de Buenos Aires la duradera inquietación
metafísica. González ha logrado el libro nuestro,
el de nuestra hazaña en el tiempo y el de nuestra
derrota en lo absoluto. Derrota, pues las más de
las veces no hay una intuición entrañable vivifi-
cando sus metáforas; hazaña, pues el reemplazo
de las palabras lujosas del rubenismo por las de la
distancia y el anhelo es, hoy por hoy, una hermosura.

Acerca de Unamuno, poeta

Bien conocemos todos a don Miguel de Unamuno en ejercicio de prosista. Su impaciencia de la expresión literaria y ese desdén de la retórica que ha motivado en él la forjadura de otra retórica distinta, de ritmo atropellado y discursivo, donde un alborotado crepitar de empellones polémicos y vislumbres reemplaza la acostumbrada continuidad de argumentos, son harto conocidos de cuantos practican la actual literatura española. Lo propio puede asentarse acerca de la configuración hegeliana del espíritu de Unamuno. Ese su hegelianismo cimental empújale a detenerse en la unidad de clase que junta dos conceptos contrarios y es la causa de cuantas paradojas ha urdido. La religiosidad del ateísmo, la sinrazón de la lógica y el esperanzamiento de quien se juzga desesperado, son otros tantos ejemplos de la traza espiritual que informa su obra. Todos ellos —desplegados o no por su facundia, pero latentes de continuo en sus páginas— son aspectos del siguiente pensamiento sencillo: Para negar una cosa, hemos primero de afirmarla, siquiera sea como asunto de nuestra negación. Desmentir que hay un Dios es afirmar la certeza del concepto divino, pues de lo contrario ignoraríamos cuál es la idea derruida por la negación precitada y por carencia de palabras nuestra negación no podría ni formularse. Pasajes de un mecanismo intelectual idéntico al manipulado en la falacia anterior abundan en su obra y son escándalo asombroso de muchos lectores de allende y aquende el océano.

Pero mi empeño de hoy no estriba en desarmar las artimañas que practica con destreza tan impetuosa Unamuno, sino en comentar y ensalzar su nobilísima actuación de poeta. Hace bastante tiempo que mi espíritu vive en la apasionada intimidad de sus versos. Creo que el adentramiento recíproco de ellos en mi conocimiento y de mi conciencia paladeándolos con atareado silencio me dan derecho a enjuiciarlos hoy, a la vista y paciencia de quienes quieran acercar su atención a estas apuntaciones.

Unamuno —diré perogrullescamente o si os place mejor la equivalencia griega del adverbio, axiomáticamente— es un poeta filosófico. Y quiero dejar dicho que no atribuyo a la palabra filósofo la pavorosa acepción que suelen adjudicarle los castellanos. Filósofo, para ellos, es el hombre que gesticula en sentencias más o menos sonoras el pensamiento de la inestabilidad asidua del tiempo y de que cuantas singularidades y ásperas diferencias existen, todas las allana la muerte. Eso de que el tiempo sea tiempo (es decir sucesión) en vez de limitarse a un terco y rígido instante, es un azoramiento de siglos en la lírica hispana. Virgilio lo preludió en su numeroso latín:

Sed fugit interea, fugit irreparabile tempus.

Después los españoles adueñáronse ávidamente de este incidente espiritual y a fuerza de aguzada intensidad en sentirlo y elocuentísima persistencia en otorgarle formas verbales, lo hicieron suyo y bien suyo. Claro está que la menos disciplina en la metafísica basta para derruir la validez de ese meditar. Figurad el tiempo como una encadenación infinita de instantes sucesivos y no hallaréis razón alguna para que los instantes iniciales de la tal serie sean menos valederos que los que vienen más adelante.

Las ruinas lastimeras de Itálica tienen la misma realidad de apariencia —pero no más— que la ejercida antaño por la villa en su época de agrupación humana y ruidosa. Y si desentrañamos otro ejemplo más inmediato, no hay largueza oratoria que logre convencerme que un cadáver, inexistente en sí mismo y sólo vinculado al universo por obra de las almas que lo realizan pensándolo, pueda sobrepujar en realidad a esta mi conciencia de ser, inquietada de miedos y de esperanzas. Ambos fenómenos: el ágil cuerpo traspasado de vida y el vergonzoso cadáver que ha detenido la muerte son dos incidentes del tiempo, dos apariencias irrefutables. La única desemejanza es que el cadáver ha menester un espectador que lo refleje parando mientes en él, mientras cualquier conciencia animada es su propia atestiguación suficiente...

Creo haber argüido bastante contra esas eviternas sofisterías de cura de misa y olla para persuadir a cualquier lector que la filosofía animadora de los desmañados endecasílabos del maestro nada tiene en común con semejantes tropezones intelectuales. Unamuno, a pesar de no lograr nunca la invención metafísica, es un filósofo esencialmente: quiero decir un sentidor de la dificultad metafísica. Es evidente por muchísimos de sus versos que la especulación ontológica no es para él un ingenioso juego intelectual, un ajedrez perfecto, sino una angustia constreñidora de su alma. ¿Constreñidora? Sí, pero a las veces ensanchadora del hondón espiritual que agrándase por ella hasta contener todo el cielo.

Paso a comentar algunas estrofas de su *Rosario de sonetos líricos*.

En las postrimerías del soneto LXXXVIII ocurren los versos que voy a transcribir.

> *nocturno el río de las horas fluye*
> *desde su manantial, que es el mañana*
> *eterno...*

Eso del *río de las horas* es el clásico ejemplo de la justificada igualación del tiempo con el espacio que Schopenhauer declaró imprescindible para la comprensión segura de entrambos. Lo nuevo, lo conseguido, está en la dirección de la corriente temporal que en vez de adelantarse a lo futuro encamínase hacia nosotros —mejor dicho, sobre nosotros, sobre nuestra inmóvil conciencia— desde lo venidero. ¿Y por qué no? De cualquier modo, la discusión del verso transcripto evidenciará que no es menos paradójico el usual concepto del tiempo que el versificado por Unamuno. Y si la desconfianza de algún lector me refuta juzgando que la poesía es cosa que solicita nuestra gustación y no nuestro análisis, le responderé que todo en el mundo es digno quebradero de la inteligencia y que versos como el antecitado que nos bosquejan la eterna dubiedad de la vida, valen al menos tanto como los de un halago meramente auditivo y sugeridor de visiones.

Eso no significa que faltan, en los versos que estudio, imágenes de eficacia visual. Pero en ellas adviértese que lo justificativo de su escritura está en la correlación de ambos términos y nunca en la jactancia fachendosa de los vocablos aislados.

En ilustración transcribo algunas estrofas:

> *ojos en que malicia no escudriña*
> *secreto alguno en la secreta vena,*
> *claros y abiertos como la campiña...*

> *Al amor de la lumbre cuya llama*
> *como una cresta de la mar ondea...*
> *ara en mí como un manso buey la tierra*
> *el dulce silencioso pensamiento...*

Y pues de imágenes hablamos, quiero asimismo señalar el asombroso candor que ha consen-

tido en sus poemas frases —y no escasas— como
ésta:

> *recogí este verano a troche y moche*
> *frescas rosas en campos de esmeralda.*

Vergüenza y lástima da esa metrificada ende-
blez, pero es un testimonio convincente de la in-
genuidad del poeta y de cómo es un hombre bueno y no un asustador grandioso de incautos.

Mucho debe mentir un hombre para poder ser
verídico y muchos son los embustes inútiles que
han de escapársele antes de conseguir una palabra
que informa la verdad. Eso por causas numerosas. Todo vocablo abstracto fue signo antaño de
una cosa palpable, signo rehecho y levantado por
una imagen paulatina. Añadid a esa bastardía las
diferentes connotaciones que asumen en cada espíritu las palabras, la ineficacia en que las entor-
pece el abuso y el hecho de que muchas emociones o aspectos de emoción han sido en más de
veinte siglos de ocupación literaria ya definitiva-
mente fijados.

Considerad que cada escritor debe sacar a la
publicidad del lenguaje la privanza de su pensar y
no os asombrará que en ese traslado haya más de
un sentir que pierda su primera sorpresa de ha-

llazgo y su certidumbre de vida. Y si alguien opi-
nara que tal vez los momentos más felices de la
poesía brotaron no ya de una entereza de pasión
sino de inconfesables urgencias técnicas, le diré
que tan pobre estirpe no debe impedirnos gustar
y aun elogiar los frutos que de su bajeza proceden.
Estoy seguro que voces como *inmortal* o *infinito*
no fueron en su comienzo sino casualidades del
idioma, abusos del prefijo negativo, horros de
sustancial claridad. Tanto las hemos meditado y
enriquecido de conjeturas que ayer necesitamos
de una teología para dilucidar la primera y aún
nuestros matemáticos disputan acerca de la segunda. Poner palabras es poner ideas o es instigar
una actividad creadora de ideas.

Lo cual no significa que sea laudable toda exuberancia verbal. Los neologismos que ha entro-
metido Unamuno *(ateólogos, irresignación, hide-
todo)* son plausibles, pues hay en ellos una probabilidad ideológica. En cambio, el escritor que,
arrimándose a un diccionario y desmintiendo su
propio modo de hablar escribe *orvallo* en vez de
garúa y *ventalle* en vez de *abanico,* ejerce con ello
una estéril pedantería, pues las palabras rebusca-
das que emplea no tienen mayor virtud que las
cotidianas. Si quisiéramos definir con tradicio-
nales vocablos la diferencia entre este imaginario

escritor (que a veces es cualquiera de nosotros) y Unamuno, diríamos que el primero es un culterano y el segundo es un conceptista. Es decir, el primero cultiva la palabrera hojarasca por cariño al enmarañamiento y al relumbrón y el segundo es enrevesado para seguir con más veracidad las corvaduras de un pensamiento complejo. El culterano se llama Rimbaud, Swinburne, Herrera y Reissig; el conceptista Hegel, Browning, Almafuerte, Unamuno. Ambas agrupaciones pueden incluir vehemencia y generosidad literarias, pero hay una más entrañable y conmovedora valía en las rebuscas del pensar que en las vistosas irregularidades de idioma.

*

No hay en los versos de Unamuno el más leve acariciamiento de ritmo. Son claros, pero su claror no es comparable al de un árbol que albrician en primavera las hojas, sino a la trabajosa claridad de una demostración matemática. Son españoles, pero tan adentradamente españoles que al escucharlos no reparamos en la desemejanza que va de su país a nosotros, sino en lo humanamente universal. Comprobamos con sencillez: El hombre Miguel de Unamuno, constreñido a su tierra y a su tiempo, ha pensado los pensamientos esenciales.

Después la desconfiada inteligencia pone algunos reparos a las minucias de la hechura, pero, a despecho de su fallo, la realidad espiritual del autor se introduce de lleno en nuestro vivir. Íntimamente, con la certeza de una emoción.

La encrucijada de Berkeley

En un escrito anterior intitulado *La nadería de la personalidad,* he desplegado en muchas de sus derivaciones el idéntico pensamiento cuya explicación es el objeto y fin de estas líneas. Pero aquel escrito, demasiadamente mortificado de literatura, no es otra que una serie de sugestiones y ejemplos, enfilados sin continuidad argumental. Para enmendar esa lacra he determinado exponer, en los renglones que siguen, la hipótesis que me movió a emprender su escritura. De esta manera, situándose el lector conmigo en el manantial mismo de mi pensar, palpando mano a mano las dificultades según vayan surgiendo y resbalando la meditación en brioso desembarazo por un solo arcaduz, emprenderemos juntos esa eterna aventura que es el problema metafísico.

Fue mi acicate el idealismo de Berkeley. Para solaz de aquellos lectores en cuyo recuerdo no surja con macizo relieve la especulación susodicha, ora por el cuantioso tiempo transcurrido desde que algún profesor la señaló a su indiferencia, zahiriéndola con descreimiento, ora —desmemoria aun más disculpable— por no haberla jamás frecuentado, conviene recapitular en breves palabras lo sustancial de esa doctrina.

Esse rerum est percipi: la perceptibilidad es el ser de las cosas: sólo existen las cosas en cuanto son advertidas: sobre esa perogrullada genial estriba y se encumbra la ilustre fábrica del sistema de Berkeley, con esa escasa fórmula conjura los embustes del dualismo y nos descubre que la realidad no es un acertijo lejano, huraño y trabajosamente descifrable, sino una cercanía íntima, fácil y de todos lados abierta. Escudriñemos los pormenores de su argumentación.

Elijamos cualquier idea concreta: poned por caso la que la palabra *higuera* designa. Claro está que el concepto así rotulado no es otra cosa sino una abreviatura de muchas y diversas percepciones: para nuestros ojos la higuera es un tronco apocado y retorcido que hacia arriba se explaya en clara hojarasca; para nuestras manos es la dureza redondeada del leño y lo áspero de las hojas; para nuestro paladar sólo existe el sabor codiciable de la fruta. Hay además las percepciones de olfacción y auditiva que dejo adredemente de lado por no enmarañar en demasía el asunto, mas que tampoco es dable olvidar.

Todas ellas, afirma el hombre ametafísico, son diferentes cualidades del árbol. Pero si ahondamos en este aserto sencillo, nos espantará la multitud de neblinas y de contradicciones que encubre.

Así, mientras cualquiera admite que el verdor no es una cualidad esencial de la higuera, ya que al anochecer caduca su brillo, amarillecen las hojas y el tronco vuélvese renegrido y oscuro, todos concuerdan en aseverar que la convexidad y el volumen son realidades íntimas del árbol. En lo que al gusto atañe, se trastrueca un poco el asunto. Nadie pretende que el sabor de una fruta no ha menester nuestro paladar para existir en su entereza máxima. De distinción en distinción, nos acercamos al dualismo hoy amparado por la física, componenda que según la certera definición del hegeliano inglés Francis Bradley estriba en considerar algunas cualidades como sustantivos de la realidad y otras como adjetivos.

Por regla general, sólo se adjudica sustantividad a la extensión, y en cuanto a las demás cualidades, color, gusto y sonido, se las considera enclavadas en un terreno fronterizo entre el espíritu y la materia, universo intermedio o aledaño que forjan, en colaboración continua y secreta, la realidad espacial y nuestros órganos perceptivos. Esa conjetura adolece de faltas gravísimas. La desnuda extensión monda y lironda que según los dualistas y materialistas compone la esencia del mundo, es una inútil nadería, ciega, vana, sin forma, sin tamaño, ajena de blandura y de dureza, una abstracción que nadie logra imaginar. El hecho de concederle sustantividad es un desesperado recurso del prejuicio antimetafísico que no se aviene a negar del todo la realidad esencial del mundo externo y se acoge a la componenda de arrojarle una limosna verbal: hipocresía comparable al concepto de los átomos, sólo ideados como defensa contra la idea de la divisibilidad inacabable.

Berkeley, en decisiva argumentación, arranca el mal de raíz:

Cualquiera admite, escribió, *que ni nuestros pensamientos ni nuestras pasiones ni las ideas forma-*

das por nuestra imaginación existen sin la mente. No es menos cierto a mi entender que las diversas sensaciones o ideas que afectan los sentidos, de cualquier modo que se mezclen (vale decir, cualesquiera objetos que formen) *sólo pueden subsistir en una mente que las advierta...*

Afirmo que la mesa sobre la cual estoy escribiendo, existe; esto es, la miro y la palpo. Si estando fuera de mi gabinete afirmo lo mismo, quiero indicar por ello que si me hallara aquí la advertiría o que la advierte algún otro espíritu. En cuanto a lo que se vocea sobre la existencia de cosas no presentes, sin relación al hecho de si son o no percibidas, confieso no entenderlo. La perceptibilidad es el ser de las cosas, o imposible es que existan fuera de las mentes que las perciben.

Y en otro lugar escribe previniendo objeciones:

Mas, me diréis, nada es tan fácil para mí como imaginar una arboleda en un prado o libros en una biblioteca, y nadie cercano para advertirlos. En efecto, no hay dificultad alguna en ello. ¿Pero qué es tal cosa, os pregunto, sino formar en vuestra mente ciertas ideas que llamáis árboles y libros, y al mismo tiempo no formar la idea de alguien que los percibe? ¿Y mientras tanto, no los advertís o no pensáis en ellos vosotros mismos?

Y ensanchando su idea:

Verdades hay tan cercanas y tan palmarias que bás-
tale a un hombre abrir los ojos para verlas. Una de
ellas es la importante verdad: Todo el coro del cielo y
los aditamentos de la tierra —los cuerpos todos que
componen la poderosa fábrica del mundo— no tie-
nen subsistencia allende las mentes; su ser estriba
en que los noten y mientras yo no los advierta o no
se hallen en mi alma o en la de algun otro espíritu
creado, hay dos alternativas: o carecen de todo vivir
o subsisten en la mente de algún espíritu eterno.

Los anteriores renglones los escribió Berkeley
el filósofo, salvo el renglón final donde asoma
Berkeley el obispo. La demarcación mucho importa, pues si Berkeley en ejercicio de hombre
pensante podía desmenuzar el universo a su antojo, tal desahogo era insufrible a su calidad de serio
prelado, versado en teología e implacable en la
certidumbre de abarcar por entero la verdad. Dios
le sirvió a manera de argamasa para empalmar los
trozos dispersos del mundo o, con más propie-
dad, hizo de nexo para las cuentas desparramadas
de las diversas percepciones e ideas. Esto lo declaró Berkeley afirmando que la enrevesada totalidad de la vida no es sino un desfile de ideas por la

conciencia de Dios y que cuanto nuestros sentidos advierten es una escasa vislumbre de la universal visión que se despliega ante su alma. Según este concepto, Dios no es hacedor de las cosas; es más bien un meditador de la vida o un inmortal y ubicuo espectador del vivir. Su eterna vigilancia impide que el universo se aniquile y resurja a capricho de atenciones individuales, y además presta firmeza y grave prestigio a todo el sistema. (Olvida Berkeley que una vez igualados la cognición y el ser, las cosas en cuanto existencias autónomas cesan de hecho y sólo traslaticiamente cabe decir que se aniquilan y resurgen.)

Alejándome de tan solemnes argucias, más aptas para ser dichas que para ser comprendidas, quiero mostrar dónde se esconde la falacia raigal de la doctrina de Berkeley, conformando al espíritu la idéntica argumentación que él endereza a la materia.

Berkeley afirma: Sólo existen las cosas en cuanto se fija en ellas la mente. Lícito es responderle: Sí, pero sólo existe la mente como perceptiva y meditadora de cosas. De esta manera queda desbaratada, no sólo la unidad del mundo externo, sino la espiritual. El objeto caduca, y juntamente el sujeto. Ambos enormes sustantivos, espíritu y materia, se desvanecen a un tiempo y la vida se vuelve

un enmarañado tropel de situaciones de ánimo,
un ensueño sin soñador. No hay que dolerse de la
confusión que trae consigo esta doctrina, pues
ella únicamente atañe al imaginario conjunto de
todos los instantes del vivir, dejando en paz el orden y el rigor de cada uno de ellos y aun de peque-
ños agrupamientos parciales. Lo que sí vuélvese
humo son las grandes continuidades metafísicas:
el yo, el espacio, el tiempo... En efecto, si la ajena
advertencia determina el ser de las cosas, si éstas
no pueden subsistir sino en alguna mente que las
piense o tenga noticias de ellas, ¿qué decir, por
ejemplo, de la sucesión de placenteros, ecuánimes
y dolorosos sentires cuyo eslabonamiento forma
mi vida? ¿Dónde está mi vida pretérita? Pensad en
la flaqueza de la memoria y aceptaréis fuera de
duda que no está en mí. Yo estoy limitado a este
vertiginoso presente y es inadmisible que puedan
caber en su ínfima estrechez las pavorosas millara-
das de los demás instantes sueltos. Si no queréis
apelar al milagro e invocar en pro de vuestro agre-
dido afán de unidad el enigmático socorro de un
Dios omnipotente que abraza y atraviesa cuanto
sucede como una luz al traspasar un cristal, con-
vendréis conmigo en la absoluta nadería de esas
anchurosas palabras: *Yo, Espacio, Tiempo...*
    Para defender la primera, de nada os valdrá el

famoso baluarte del *cogito, ergo sum*. Pienso, luego soy. Si ese latín significara: *Pienso, luego existe un pensar* —única conclusión que acarrea lógicamente la premisa— su verdad sería tan incontrovertible como inútil. Empleado para significar *Pienso, luego hay un pensador,* es exacto en el sentido de que toda actividad supone un sujeto y mentiroso en las ideas de individuación y continuidad que sugiere. La trampa está en el verbo *ser,* que según dijo Schopenhauer es meramente el nexo que junta en toda proposición el sujeto y el predicado. Pero quitad ambos términos y os queda una palabra desfondada, un sonido[1].

1. En el curso de metafísica compuesto por don José Campillo y Rodríguez, se afirma que la sentenciosa argumentación del *cogito, ergo sum* no es sino abreviatura de una idea que el médico medinés Gómez Pereira publicó en mil quinientos cincuenta y cuatro. La anticipada paráfrasis del castellano reza de esta manera: *Nosco me aliquid noseere: at quidquid noscit, est: ergo ego sum.* Yo sé que algo conozco y todo lo que conoce, es; luego yo soy.

He leído también —en una antigua *Vie de Monsieur Descartes,* publicada en París en los años de mil seiscientos noventa y uno y de la que sólo poseo el segundo volumen desparejado y sin nombre de autor— que era empeño de muchos el acusar a Descartes de haber sacado su especulación sobre la mecanicidad de las bestias, del libro *Antoniana Margarita* del suso mentado Gómez Pereira. Este libro es el mismo que incluye la anterior fórmula.

Y pues de objeciones hablamos, quiero contrariar las que Spencer, en sus preclaros *Principles of Psychology* (volumen segundo, página 505 II), opone a la doctrina idealista. Arguye Spencer:

De la afirmación que dice no haber existencia alguna allende la conciencia, resulta implícitamente que esta última es de extensión ilimitada. Pues un límite que la conciencia no puede atravesar admite una existencia que impide el límite; y ésta, o se encuentra allende la conciencia, lo cual es contrario a la hipótesis, o es distinta encontrándose dentro de ella, lo cual es también contrario a la hipótesis. Algo que reduce la conciencia a una esfera determinada, sea ésta interna o externa, ha de ser diferente de la conciencia —ha de ser coexistente, suposición que contradice la hipótesis—. La conciencia, pues, siendo ilimitada en su esfera, es infinita en el espacio.

En lo anterior hay varias falacias. Razonar que la suposición de que no existe nada allende la conciencia la obliga a ser ilimitada es como argüir que tengo en el bolsillo un capital infinito, ya que todo él está hecho de centavos. *Más allá de la conciencia no hay nada,* equivale a decir: Cuanto acontece es de orden espiritual; una cuestión de calidad que no afecta en lo más mínimo la cantidad de sucesos cuyo enfilamiento forma el vivir.

En cuanto a la frase concluyente, es incomprensible. El espacio, según los idealistas, no existe en sí: es un fenómeno mental, como el dolor, el miedo y la visión, y siendo parte de la conciencia no puede en sentido alguno decirse que ésta hállase enclavada en él.

Prosigue Spencer:

Otra resultante es la infinitud de la conciencia en el tiempo. Concebir un límite a la conciencia en el pasado es concebir que antecediendo este límite hubo alguna otra existencia en el momento cuando aquélla empezó, lo cual es contrario a la hipótesis.

A lo cual puede contestarse apuntando que la tal infinitud de tiempo no abarca necesariamente una dilatadísima duración. Suponed, con algunos afilosofados, que sólo existe un sujeto y que todo cuanto sucede no es sino una visión desplegándose ante su alma. El tiempo duraría lo que durara la visión, que nada nos impide imaginar como muy breve. No habría tiempo anterior a la iniciación del soñar ni posterior a su fin, pues el tiempo es un hecho intelectual y objetivamente no existe. Tendríamos así una eternidad que abarcaría todo el tiempo posible y sin embargo cabría en muy escasos segundos. También los teólogos hubieron de traducir la eternidad de Dios en una duración sin principio ni fin, sin vicisitudes ni cambio, en un presente puro.

Concluye Spencer:

Faltando ajenos existires que podrían limitarla en el tiempo o en el espacio, la conciencia debe ser incondicional y absoluta. Todo en ella es autodeterminado; la continuación de un dolor, la cesación de un placer, obedecen únicamente a condiciones impuestas por la misma conciencia.

El artificio de tal argumentación descansa en el sentido instrumental, personal, casi podríamos decir mitológico, que Spencer introduce en la palabra *conciencia,* proceder que nada justifica...

Y con esto doy fin a mi alegato. En lo atañente a negar la existencia autónoma de las cosas visibles y palpables, fácil es avenirse a ello pensando: La Realidad es como esa imagen nuestra que surge en todos los espejos, simulacro que por nosotros existe, que con nosotros viene, gesticula y se va, pero en cuya busca basta ir, para dar siempre con él.

Acotaciones

Manuel Maples Arce: *Andamios interiores,*
México, 1922

Yo siento alguna admiración por Manuel Maples Arce. Voy a criticarlo por eso mismo: (En-
derecemos el silencio a los playos escritorzuelos
malévolos, un empellón agresivo a las nulidades
con aureola y sitial, romos adjetivos laudatorios
a los escritorzuelos simpáticos y un examen filoso y desbastado a las obras que palpitantemente
viven.)

El libro *Andamios interiores* es un contraste
todo él. A un lado el estridentismo: un diccionario amotinado, la gramática en fuga, un acopio
vehemente de tranvías, ventiladores, arcos voltai-

cos y otros cachivaches jadeantes; al otro, un corazón conmovido como bandera que acomba el
viento fogoso, muchos forzudos versos felices y
una briosa numerosidad de rejuvenecidas metáforas.

La primera parte de la antítesis no me interesa.
Permitir que la calle se vuelque de rondón en los
versos —y no la dulce calle de arrabal, serenada
de árboles y enternecida de ocaso, sino la otra,
chillona, molestada de prisas y ajetreos— siempre antojóseme un empeño desapacible. En
cuanto al entremetimiento en la lírica, de términos geometrales, tampoco logra entusiasmarme.
Quizá todo ello encuentra su explicación en la
actitud de reformador o adalid que muestra el
poeta, o sirve de contrapeso para dar mayor real-
ce a las bondades efectivas del libro. De cualquier
manera, prefiero hablar de lo segundo.

Hace unas líneas dije *rejuvenecidas metáforas*.
En mi opinión no es dable urdir metáforas de una
plenaria novedad. En todo el múltiple decurso
que han seguido las letras castellanas no creo pa-
sen de una treintena los procedimientos emplea-
dos para alcanzar figuras novedosas. Una de las
tales artimañas estriba en barajar las percepciones
y apuntar lo auditivo en términos visuales o a la
inversa. (Así Quevedo dijo a las estrellas: *Vosotras*

de la sombra voz ardiente.) Maples Arce es docto algebrista de la antedicha igualación que maneja con destreza notable. Vayan atestiguándolo estos versos donde la monotonía técnica no rebaja en un punto la variedad de sensaciones logradas:

> *Es una clara música que se oye con los ojos*
> *la palidez enferma de la super-amada*
> . . . .
> *En el piano automático*
> *se va haciendo la noche*
> . . . .
> *Un incendio de aplausos consume las*
> *lunetas*
> . . . .
> *Yo soy un punto muerto en medio de la*
> *hora*
> *equidistante al grito náufrago de una*
> *estrella*
> . . . .

Y pues de imágenes hablamos, quiero señalar a los curiosos de su estudio la gran caterva de comparaciones mutiladas o afónicas que andan perdidas por el habla común y cuya calidad de hallazgo no es de nadie advertida. Asentar que la palabra *alero* es un derivado de *ala* es una perogrullada

etimológica; mas describir, como describe Macedonio Fernández: *El alero amparando todo el rancho / como ala que cobija la nidada,* significa ani-
mar de nueva vida una sorpresa antigua y restituir al idioma una certera metáfora.

Generoso de imágenes preclaras, el estilo de
Maples Arce lo es también de adjetivos, cosa que
no debemos confundir con el charro despliegue
de epítetos gesteros que usan los de la tribu de
Rubén. Ya que es a todas luces evidente que una
adjetivación laudable no ha de atenerse al prestigio de los vocablos aislados, sino a la conjunción
feliz de ambas voces. Esto puede obtenerse de
dos modos: devolviendo su primitiva significación —si ésta se ha desvirtuado— a algún adjetivo, o empleándolo a manera de comparación
abreviada. Ejemplo de lo primero sería el acopla-
miento de la palabra *montaña* con el adjetivo *excelente;* de lo segundo, los siguientes retazos de
Maples Arce: *violín oscuro, atónita ventana, calle
planchada, huesoso invierno, voz ojerosa.*

Por su raudal de imágenes, por las muchas
maestrías de su hechura, por el compás de sus
versos que sacuden zangoloteos de encabritada
guitarra, *Andamios interiores* resaltará como viví-
sima muestra del nuevo modo de escribir: estilo
cuyo comenzador en América fue acaso el co-

lombiano Eduardo Talero, en su esforzada *Voz del desierto*... Y pues tantos lugares he citado en ilustración de teorías, terminaré copiando esta estrofa por la sola virtud de su hermosura, que fue límpido amparo de mi espíritu durante un hondo atardecer y en cuyo grato declive también se ha de acomodar tu sentir, idéntico al de todos, como en un rememorado aire patrio:

> *Así todo, de lejos, se me dice como algo*
> *imposible que nunca he tenido en las manos.*

RAMÓN GÓMEZ DE LA SERNA: *La sagrada cripta de Pombo*

¿Qué signo puede recoger en su abreviatura el sentido de la tarea de Ramón? Yo pondría sobre ella el signo Alef, que en la matemática nueva es el señalador del infinito guarismo que abarca los demás o la aristada rosa de los vientos que infatigablemente urge sus dardos a toda lejanía. Quiero manifestar por ello la convicción de entereza, la abarrotada plenitud que la informa: plenitud tanto más difícil cuanto que la obra de Ramón es una serie de puntuales atisbos, esto es, de oro nativo, no de metal amartillado en láminas por la

tesonera retórica. Ramón ha inventariado el
mundo, incluyendo en sus páginas no los sucesos
ejemplares de la aventura humana, según es uso
de poesía, sino la ansiosa descripción de cada
una de las cosas cuyo agrupamiento es el mundo.
Tal plenitud no está en la concordia ni en simpli-
ficaciones de síntesis y se avecina más al cosmora-
ma o al atlas que a una visión total del vivir como
la rebuscada por los teólogos y los levantadores de
sistemas. Ese su omnívoro entusiasmo es singular
en nuestro tiempo y doy por falsa la opinión de
quienes le hallan semejanza con Max Jacob o con
Renard, gente de travesura desultoria, más ata-
reada con su ingenio y sus preparativos de asombro que con la heroica urgencia de aferrar la vida
huidiza. Sólo el Renacimiento puede ofrecernos
lances de ambición literaria equiparables al de
Ramón. ¿Son menos codiciosas acaso que la escritura de éste las enumeraciones millonarias que
hay en *La Celestina* y en Rabelais y en Jonson y en
The Anatomy of Melancholy de Robert Burton?

Para el mayor de los tres grandes Ramones, las
cosas no son pasadizos que conducen a Dios. Se
encariña con ellas, las acaricia y las requiebra,
pero la satisfacción que le dan es suelta y sin prejuicio de unidad. En esa independencia de su
querer estriba la esencial distinción que lo separa

de Walt Whitman. También en Whitman vemos
todo el vivir, también en Whitman alentó milagrosa gratitud por lo macizas y palpables y de colores tan variados que son las cosas. Pero la gratitud de Walt se satisfizo con la enumeración de los
objetos cuyo hacinamiento es el mundo y la del
español ha escrito comentarios reidores y apasionados a la individuación de cada objeto. Bien
asegurado en la vida, Ramón ha puesto la cacha-
zuda vehemencia de su terco mirar en cada briz-
na de la realidad que lo abarca. A veces camina leguas en su hondura y vuelve de ella como de otro
país. ¡Qué videncia final la de su espíritu para
atisbar el lago de sangre que encierra el fondo de
las plazas de toros y son su obsceno corazón!

La sagrada cripta de Pombo es el más reciente
volumen de la verídica Enciclopedia o Libro de
todas las cosas y otras muchas más que Ramón
va escribiendo. Es una intensa atestiguación del
Café y de la numerosa humanidad que a la vera de
las mesitas de mármol se oye vivir. Vistos ya para
siempre por Ramón están en esas páginas preclaras Diego Rivera, Ortega y Gasset, Gutiérrez So-
lana, Julio Antonio, Alberto Guillén, todos con
decisión de estatua o más aún de noble tela, pero
sin la menor tiesura y descuidados e insolentes de
vida. (También hay galería de papel en sus pági-

nas hechas de filas de retratos de pasaporte y he
visto en ellas un ya perdido J. L. B. lleno de reti-
cencias y cavilaciones posibles y un inequívoco
Oliverio Girondo con sus facciones barajadas y
su desenvainado mirar.)

De las seiscientas páginas de este libro en sazón
ninguna está pensada en blanco y en ninguna
cabe un bostezo.

Omar Jaiyám y Fitzgerald

Naishapur, patria de turquesas y espadas, lo fue
de Omar Jaiyám y el quinto siglo de la hégira fija
su nacimiento en el tiempo. Omar fue astrónomo
y poeta y su actividad fue igualmente ilustre en la
observancia de los siete cielos del mundo —no
regía entonces el espacio estelar que hoy nos raya
el pecho de infinitud— y en la dicción de las sol-
tadizas imágenes que privilegian la lírica del Is-
lam. Supo de rendimiento de discípulos y en torno suyo los rostros juveniles fueron claros como
las numerosas luces de un candelabro. Vivió en
alegre y estudiosa quietud. Una leyenda lo figura
paseándose con un discípulo en un jardín y di-
ciéndole: *Mi sepulcro estará en paraje sobre el cual
el viento del norte desparramará muchas rosas...*

Años después, yendo el joven a visitar la tumba del maestro, la encontró en las afueras de un vergel, casi perdida entre las rosas que de la cercana tapia llovían.

E. Fitzgerald, su encarnador en la visión de Inglaterra, fue un hombre admirable y callado, que vivió siempre en la intimidad de las letras y en la desconfiada inacción de su recato espiritual. Las datas de 1809 y 1883 limitan su vivir. Fue un nostálgico en quien el pensamiento de la fugacidad temporal era un deleite y una pena: le gustaba sentir con lejanía, tendiendo redes de recuerdo a los años pretéritos y anticipándose al futuro, para que el presente asumiese toda la dulce irreparabilidad del pasado. Fue un gustador de Scott, de Virgilio, de Cervantes y de Montaigne, y a Victor Hugo y a Carlyle los justipreció, despreciándolos. Ha dejado un epistolario digno y sutil, unas versiones libres de obras de Calderón y de Sófocles y el inglesamiento de Omar, que puede ya vanagloriarse de eterno.

La veracidad de esa traducción ha sido puesta en tela de juicio, no su hermosura. La diferencia entre ambos textos es la que sigue: Las estrofas de Omar Jaiyám son entidades sueltas, no reunidas por otro enlazamiento que el de su origen común y sucediéndose al acaso del orden alfabético de las rimas. La versión de Fitzgerald es un poema, esto es, una entidad en la que el Tiempo late fuertemente, apasionando la contemplativa quietud que —al decir certero de Hegel— caracteriza el arte oriental.

Dramatizó el inglés en aventura romántica las expresiones líricas y puso en su comienzo la primavera —río que baña nuestro pecho, río azul y alargado— y en su remate los atributos de la noche y la sombra. Las licencias restantes que practicó —las interpolaciones, el emplazar la imagen helénica del arquero, donde el persa describió al sol lanzando la mañana como un lazo sobre las azoteas, la blasfemia final— son lacras perdonables. La total hermosura de su obra las esconde con levedad.

La versión española que publicamos es un verídico trasunto de la cumplida por Fitzgerald. A semejanza de los iránicos *rubayat* y los *quatrains* ingleses está compuesta de cuartetos endecasílabos, si bien ha reemplazado con asonantes (en el segundo y cuarto verso) la aguda rima que rige en ellos todas las líneas, con exclusión de la penúltima: proceder que justifica la mayor sonoridad de nuestro lenguaje. Es opinión del traductor que en inglés se oyen amortiguadas las rimas. Soy partícipe de ella y recuerdo oraciones del *Urn Burial* (libro quizá igualado pero no superado en lengua alguna por la nobleza de su música), donde más de cinco palabras terminadas en *ion* no bastan a infringir la serenidad de una cláusula.

Dos motivos hubo en mi padre, cuya es la traducción, que lo instaron a troquelar en generosos versos castellanos la labor de Fitzgerald. Uno es el entusiasmo que ésta produjo siempre en él, por la soltura de su hazaña verbal, por la luz fuerte y convincente de sus apretadas metáforas; otro la coincidencia de su incredulidad antigua con la serena inesperanza que late en cuantas páginas ha ejecutado su diestra y que proclama su novela *El caudillo* con estremecida verdad.

Queja de todo criollo

Muestran las naciones dos índoles: una la obligatoria, de convención, hecha de acuerdo con los requerimientos del siglo y las más veces con el prejuicio de algún definidor famoso; otra la verdadera, entrañable, que la pausada historia va declarando y que se trasluce también por el lenguaje y las costumbres. Entre ambas índoles, la aparencial y la esencial, suele advertirse una contrariedad notoria. Así, en tratándose del vulgo de Londres —fuera de duda el más reverente, sumiso, desdibujado que han visto mis andanzas— es manifiesta cosa que Dickens lo celebra por lo descarado y vivaz, cualidades que si alguna vez fueron propias ya no lo son, pero que todo narrador inglés sigue mintiendo con pertinacia relaja-

da. En lo atañedero al pueblo español, hoy con-
cordamos todos (aconsejados por la literatura
romántica y el solamente ver en su historia la empresa americana y el Dos de Mayo) en la vehemencia desbocada de su carácter, sin recordar
que Baltasar Gracián supo establecer una antítesis
entre la tardanza española y el ímpetu francés.
Traigo estos ejemplos a colación para que el juicio
del leyente consienta con mayor docilidad lo que
en mi alegato hubiere de extraño.

Quiero puntualizar la desemejanza insuperable que media entre el carácter verdadero del
criollo y el que le quieren infligir.

El criollo, a mi entender, es burlón, suspicaz,
desengañado de antemano de todo y tan mal sufridor de la grandiosidad verbal que en poquísimos la
perdona y en ninguno la ensalza. El silencio arrimado al fatalismo tiene eficaz encarnación en los
dos caudillos mayores que abrazaron el alma de
Buenos Aires: en Rosas e Irigoyen. Don Juan Manuel, pese a sus fechorías e inútil sangre derrama-
da, fue queridísimo del pueblo. Irigoyen, pese a las
mojigangas oficiales, nos está siempre gobernan-
do. La significación que el pueblo apreció en Rosas, entendió en Roca y admira en Irigoyen, es el
escarnio de la teatralidad, o el ejercerla con sentido
burlesco. En pueblos de mayor avidez en el vivir,

los caudillos famosos se muestran botarates y gesteros, mientras aquí son taciturnos y casi desgana-
dos. Les restaría fama provechosa el impudor verbal. Ese nuestro desgano es tan entrañable que
hasta en la historia —crónica de obradores y no de
pensativos— se advierte. San Martín desapare-
ciéndose en Guayaquil, Quiroga yendo a una ace-
chanza de inevitables y certeros puñales por puro
fatalismo de bravuconería; Saravia desdeñando
una fácil entrada victoriosa en Montevideo, ejem-
plifican mi aserción. No es, empero, en la historia
donde mejor puede tantearse la traza espiritual de
una gente. Un noble instinto artístico, una tenaz
indeliberación de tragedia, hacen que todo histo-
riador pare mientes antes en lo irregular de un
motín que en muchos lustros remansados y quie-
tos de cotidianidad. También influyen las alternativas políticas. Los altibajos venideros arbitran si
conviene situar mayor realidad en la protesta de
Liniers o en el bochinche de un cabildo abierto.
Consideremos algún otro semblante que sea más
de siempre: verbigracia, nuestra lírica criolla.
Todo es en ella quietación, desengaño; áspero y
dulzarrón a la vez. La índole española se nos
muestra como vehemencia pura; diríase que al
asentarse en la pampa, se desparramó y se perdió.
El habla se hizo más arrastrada, la igualdad de ho-

rizontes sucesivos chasqueó las ambiciones y el
obligatorio rigor de sujetar un mundo montaraz
se resarció en las dulces lentitudes de la payada de
contrapunto, del truco dicharachero y del mate. Se
achaparró la intensidad castellana, pero en los
criollos quedó enhiesto y vivaz ese sonriente fatalismo mediante el cual las dos obras mejores de la
literatura hispánica son dos ensalzamientos del
fracaso: el *Quijote* en la prosa y la *Epístola moral* en
el verso. El sufrimiento, las blandas añoranzas, la
burla maliciosa y sosegada, son los eviternos motivos de nuestra lírica popular. En ella no hay
asombro de metáforas; la imagen brujuleada no se
realiza. En la frecuente vidalita que narra *No hay
rama en el monte, vidalitá,* la semejanza entre el
corazón herido de ausencia y la floresta maltratada
por el invierno rígido no se establece, pero es preciso vislumbrarla para penetrar en la estrofa. La
eficacia de los versos gauchescos nunca se manifiesta con jactancia; no está en el *ictus sententiarum,* en el envión de las sentencias, que diría Séneca, sino en la fácil trabazón del conjunto.

> Vea los pingos. ¡Ah, hijitos!
> Son dos fletes soberanos.
> Como si jueran hermanos
> Bebiendo l'agua juntitos

murmura Estanislao del Campo con leve perfección. Lo mismo le acontece al *Martín Fierro*. Es
conmovedora la austeridad verbal de estrofas
como ésta:

> *Había un gringuito cautivo*
> *Que siempre hablaba del barco*
> *Y lo augaron en un charco*
> *Por causante de la peste.*
> *Tenía los ojos celestes*
> *Como potrillito zarco.*

Significativo es asimismo el pudor por el cual
Martín Fierro pasa como sobre ascuas sobre la
muerte de su compañero y no quiere situarla en
su relación, sino alejarla en el pasado:

> *De rodillas a su lao*
> *Yo lo encomendé a Jesús.*
> *Faltó a mis ojos la luz,*
> *Caí como herido del rayo.*
> *Tuve un terrible desmayo*
> *Cuando lo vi muerto a Cruz.*

En las irrisorias coplas anónimas que se derra-
man de vihuela en vihuela, se trasluce también
todo lo idiosincrásico del criollismo. El andaluz
alcanza la jocosería mediante el puro disparate y

la hipérbole; el criollo la recaba, desquebrajando una expectación, prometiendo al oyente una continuidad que infringe de golpe.

> *Señores, escuchenmén:*
> *Tuve una vez un potrillo*
> *Que de un lao era tordillo*
> *Y del otro lao, también.*

> *A orillas de un arroyito*
> *Vide dos toros bebiendo.*
> *Uno era coloradito*
> *Y el otro... salió corriendo.*

> *Cuando la perdiz canta*
> *Ñublado viene;*
> *No hay mejor seña de agua*
> *Que cuando llueve.*

Tampoco en el *Martín Fierro* faltan ejemplos de contraste chasqueado:

> *A otros les salen las coplas*
> *Como agua de manantial;*
> *Pues a mí me pasa igual.*

La tristura, la inmóvil burlería, la insinuación irónica, he aquí los únicos sentires que un arte criollo puede pronunciar sin dejo forastero. Muy bien está el Lugones de *El solterón* y de la *Quimera lunar,* pero muy mal está su altilocuencia de bostezable asustador de leyentes. En cuanto a gritadores como Ricardo Rojas, hechos de espuma y patriotería y de insondable nada, son un vejamen paradójico de nuestra verdadera forma de ser. El público lo siente y sin entremeterse a enjuiciar su obra la deja prudencialmente de lado, anticipando y con razón que tiene mucho más de grandioso que de legible. Nadie se arriesgará a pensar que en Fernández Moreno hay más valía que en Lugones, pero toda alma nuestra se acordará mejor con la serenidad del uno que con el arduo gongorismo del otro.

Lugones, en manifiesto aprendizaje de Herrera y Reissig o Laforgue y en cauteloso aprendizaje de Goethe, es el ejemplo menos lastimoso del trance por el cual hoy pasamos todos: el del criollo que intenta descriollarse para debelar este siglo. Su dilemática tragedia es la nuestra; su triunfo es la excepción de muchos fracasos.

Se perdió el quieto desgobierno de Rosas; los caminos de hierro fueron avalorando los campos, la mezquina y logrera agricultura desdineró la fácil ganadería y el criollo, vuelto forastero en su patria, realizó en el dolor la significación hostil de los vocablos *argentinidad* y *progreso.* Ningún prolijo cabalista numerador de letras ha desplegado ante palabra alguna la reverencia que nosotros rendimos delante de esas dos. Suya es la culpa de que los alambrados encarcelen la pampa, de que el gauchaje se haya quebrantado, de que los únicos quehaceres del criollo sean la milicia o el vagamundear o la picardía, de que nuestra ciudad se llame Babel. En el poema de Hernández y en las bucólicas narraciones de Hudson (escritas en inglés, pero más nuestras que una pena) están los actos iniciales de la tragedia criolla. Faltan los postrimeros, cuyo tablado es la perdurable llanura y la visión lineal de Buenos Aires, inquietada por la movilidad. Ya la República se nos extranjeriza, se pierde. Fracasa el criollo, pero se altiva y se insolenta la patria. En el viento hay banderas; tal vez mañana a fuerza de matanzas nos entrometeremos a civilizadores del continente. Seremos una fuerte nación. Por la virtud de esa proceridad militar, nuestros grandes varones serán claros ante los ojos del mundo. Se les inventará, si no existen. También para el pasado habrá premios. Confiemos, lector, en que se acordarán de vos y de mí en ese justo repartimiento de gloria...

Morir es ley de razas y de individuos. Hay que morirse bien, sin demasiado ahínco de quejumbre, sin pretender que el mundo pierde su savia por eso y con alguna burla linda en los labios. Se me viene a ellos el ejemplo de Santos Vega y con un dejo admonitor que antes no supe verle. Morir cantando.

Herrera y Reissig

La lírica de Herrera y Reissig es la subidora vereda que va del gongorismo al conceptismo; es la escritura que comienza en el encanto singular de las voces para recabar finalmente una clarísima dicción. De igual manera que en la cosmogonía mazdeísta se oponen belicosos el mal y el bien, fueron armipotentes en su yo la realidad poética y el simulacro de esa realidad. Fue un posible forastero de la literatura, pero al fin entró a saco en ella.

Le sojuzgó el error que desanima tantos versos de su época: el de confiarlo todo a la connotación de las palabras, al ambiente que esparcen, al estilo de vida que ellas premisan. Esa falacia es bien merecedora de que la escudriñemos. Su preferencia busca lo lucido de la objetividad, las cosas cuya virtud está en la forma o en la riqueza de recordación que estimulan. Es manifiesto que la palabra *cequí* sabe resplandecer; es innegable que en el solo dictado de voces como *cisterna, patio, alcarraza,* parecen ya ir incluidas la generosidad de tiempo, la compostura varonil y el anhelo de fresco y de quietud que informan el ambiente moro. El error del poeta (y de los simbolistas que se lo aconsejaron) estuvo en creer que las palabras ya prestigiosas constituyen de por sí el hecho lírico. Son un atajo y nada más. El tiempo las cancela y la que antes brilló como una herida hoy se oscurece taciturna como una cicatriz.

A ese empeño visual juntó una terca voluntad de aislamiento, un prejuicio de personalizarse. Remozó las imágenes; vedó a sus labios la dicción de la belleza antigua; puso crujientes pesadeces de oro en el mundo. Buscó en el verso preeminencia pictórica; hizo del soneto una escena para la apasionada dialogación de dos carnes. Significativa de esa época es la secuencia de poesías que intituló *Los parques abandonados,* escrita en los alrededores del novecientos. Traslado un soneto de su iniciación:

> *Fundióse el día en mortecinos lampos*
> *Y el mar y la cantera y las aristas*
> *Del monte, se cuajaron de amatistas,*
> *De carbunclos y raros crisolampos.*

Nevó la luna y un billón de ampos
Alucinó las caprichosas vistas,
Y embargaba tus ojos idealistas
El divino silencio de los campos.

Como un exótico abanico de oro,
Cerró la tarde en el pinar sonoro...!
Sobre tus senos, a mi abrazo impuro,

Ajáronse tus blondas y tus cintas,
Y erró a lo lejos un rumor obscuro
De carros, por el lado de las quintas!

Este poema suscita en mí varias anotaciones. Inicialmente, quiero confesar la regalada irrealidad del comienzo. Es evidente que la entereza del primer cuarteto no hace sino parafrasear una imagen que iguala el resplandor de los paisajes en el atardecer al duradero resplandor de las joyas. Individualizar las piedras, deteniendo lo que es morado en amatistas, lo encarnado en carbunclos y lo áureo en crisolampos, es un prolijo elaborar que nada justifica. (Concedo a *crisolampo* la significación etimológica de brillo de oro. El epíteto *raros* es una indecidora cuña.) En lo de *nevó la luna* ya se recaba una eficaz incantación poética; pero enseguida viene ese *billón,* tan fácilmente reemplazando a millar, y esos dos balbucientes adjetivos ¡y ese silencio que se introduce en los ojos! Después, en vívida secuencia, el abanico es una reiterada salpicadura de lujo, la frase *abrazo impuro* es promisoria de la realidad y los dos admirables versos últimos redimen el poema. Con el incidente que narran entra en escena el tiempo, una intrínseca luz subleva el mármol de las líneas y la vehemencia de lo transitorio dramatiza el conjunto.

Esta gradual intensidad y escalonada precisión del soneto —ya tan vecina de nosotros que su numerosa ausencia en los clásicos nos zahiere como una decepción— es asimismo significativa del arte actual. No la practicó el Siglo de Oro cuyo conjetural anhelo fáustico vinculábase aún a las tutelas apolíneas de la ataraxia y la ecuanimidad. (Los versos más ilustres de Quevedo no están situados casi nunca en el remate de la última estrofa. Su intensidad no es subidora; quiere ser lisa y fiel. Apartando algunos sonetos de una evidente configuración escolástica, realizaremos que tal vez los únicos desmentidores de esta igualdad son el soneto LXXXI de la segunda musa y el XXXI de los enderezados a Lisi en el libro que canta bajo la invocación a Erato.) Ganoso de una más quieta y remansada hermosura, el propio Herrera varió la forma de sus composiciones.

Puso su voz en la montaña, acalló su eviterna confesión de amante en el crepúsculo y enseñoreó las arduas amplitudes del verso alejandrino. Hizo poemas en que todas las líneas sobresalen, como las de una alto relieve. Por los manejos de una sagaz alquimia y de una lenta transustanciación de su genio, pasó del adjetivo inordenado al iluminador, de la asombrosa imagen a la imagen puntual. En ese entonces —he aludido a la fecha en que *Los éxtasis de la montaña* se hicieron— su docta perfección pudo mentir alguna vez leve facilidad. No de otra suerte el lidiador mata con sencillez. Fue siempre muy generoso de metáforas, dándoles tanta preeminencia que varios hoy lo quieren trasladar a precursor del creacionismo. No es esa su mejor ejecutoria y en el concepto intrínseco de precursor hay algo de inmaduro y desgarrado, que mal le puede convenir. Herrera y Reissig es el hombre que cumple largamente su diseño, no el que indica bosquejos invirtuosos que otros definirán después. Está todo él en sí, con aseidad, nunca en función de forasteras valías. No es el Moisés merodeador que vislumbra la tierra de promisión y sólo alcanza de ella el racimo de uvas que atravesado en un madero los exploradores le traen y la certeza de que la pisarán sus hijos; es el Josué que entre el apartamiento de las aguas cru-

za a pie enjuto la corriente y pisa la ribera deleito-
sa y celebra la pascua en tierra deseada y duerme
en ella como en mujer sumisa a su querer. No es
primavera balbuciente su verso. Lo anterior, claro
es, mira a *Los éxtasis de la montaña,* que están situados por entero en la lírica. Luego, su estro an-
dariego tornó a solicitarle y prefirió esquivarse en
caprichos a recabar dos veces una misma hermosura. He de añadir un par de observaciones que
harán más pensativa mi alabanza y de algún provecho al leyente. La inicial es atañedera a un peculiar linaje de metáforas que Herrera y Reissig frecuentó. Quiero hablar de esas frases traslaticias
que para esclarecer los sucesos del mundo apa-
riencial, los traducen en hechos psicológicos. Ya
Goethe y Hölderlin nos pueden ministrar algún
ejemplo de esa figura. En castellano, ninguno es
tan ilustremente hermoso como el incluido en
este dístico del uruguayo:

> *Y palomas violetas salen como recuerdos*
> *De las viejas paredes arrugadas y oscuras.*

Mi observación final atañe a la exactitud de la
métrica y a la estudiosa uniformidad de sus temas: gentiles o católicos, pero invariadamente
realizándose en el mismo escenario montañés.

Esta uniformidad que muchos culparán de pobrería y que sólo mi pluma sabrá calificar de acierto, incluye para los avisados una resplandeciente didascalia. Entendió Herrera que la lírica no es pertinaz repetición ni desapacible extrañeza; que en su ordenanza como en la de cualquier otro rito es impertinente el asombro y que la más difícil maestría consiste en hermanar lo privado y lo público, lo que mi corazón quiere confiar y la evidencia que la plaza no ignora. Supo templar la novedad, ungiendo lo áspero de toda innovación con la ternura de palabras dóciles y ritmo consabido. Lo antiguo en él pareció airoso y lo inaudito se juzgó por eterno. A veces dijo lo que ya muchos pronunciaron; pero le movió el no mentir y el intercalar después verdad suya. Lo bienhablado de su forma rogó con eficacia por lo inusual de sus ideas.

Este concepto abarcador que no desdeña recorrer muchas veces los caminos triviales y que permite la hermanía de la visión de todos y del hallazgo novelero, alcanza innumerable atestación en la segura dualidad de la vida. El arcano de tu alma es la publicidad de cualquier alma. Intensamente palpa el individuo aquellos sentires que se entrañaron con la especie: miedo ruin, la amotinada y torpe salacidad, la esperanza lozana, el desamor de sitios inhabitados y estériles, la sorpresa implacable y pensativa que suscita la idea de un morir, la reverencia de las límpidas noches. Ellas encarnan la sustancia del arte, que no es sino recordación. El grato anunciamiento que hacen duradero los mármoles, que cimbran las guitarras y que las estrofas persuaden, es pasadizo que nos devuelve a nosotros, a semejanza de un espejo.

Acerca del expresionismo

E n el decurso de la literatura germánica, el expresionismo es una discordia. Ahondemos la sentencia.

Antes del acontecimiento expresionista la mayoría de los escritores tudescos atendieron en sus versos no a la intensidad sino a la armonía. Obra de caballeros acomodados la suya, se detuvo en las blandas añoranzas, en la visión rural y en la tragedia rígida que atenúan forasteros lugares y lejanías en el tiempo. Nunca fueron asombro del lector, encamináronse a la pública tierra con la conciencia limpia de violentas artimañas retóricas y sus plumas tranquilas alcanzaron mucha remansada belleza. Desde el verso heptasílabo natal hasta los numerosos hexámetros de una hechura latina, abun-

daron —con la insistente generosidad de una sú-
plica— en la dicción de esa dispersada nostalgia
que es la señal más evidente de su sentir. El propio
Goethe casi nunca buscó la intensidad; Hebbel al-
cánzala en sus dramas y no en sus versos; Ángel Si-
lesio y Heine y Niestzsche fueron excepciones
grandiosas. Hoy en cambio por obra del expresionismo y de sus precursores se generaliza lo intenso;
los jóvenes poetas de Alemania no paran mientes
en impresiones de conjunto, sino en las eficacias
del detalle: en la inusual certeza del adjetivo, en el
brusco envión de los verbos. Esta solicitud verbal
es una comprensión de los instantes y de las palabras, que son instantes duraderos del pensamiento. La causadora de ese desmenuzamiento fue en
mi entender la guerra, que poniendo en peligro todas las cosas, hizo también que las justipreciaran.

Esto merece ilustración.

Si para la razón ha sido insignificativa la guerra, pues no ha hecho más que apresurar el apocamiento de Europa, no cabe duda que para los
interlocutores de su trágica farsa fue experiencia
intensísima. ¡Cuántas duras visiones no habrán
atropellado su mirar! Haber conocido en la in-
mediación soldadesca tierras de Rusia y Austria,
y Francia y Polonia, haber sido partícipe de las
primeras victorias, terribles como derrotas, cuan-

do la infantería en persecución de cielos y ejércitos atravesaba campos desvaídos donde mostrábase saciada la muerte y universal la injuria de las armas, es casi codiciadero pero indubitable sufrir. Añádase a esta sucesión de aquelarres el entrañable sentimiento de que estrujada de amenazas la vida —¡la propia calurosa y ágil vida!— es eventualidad y no certidumbre. No es maravilloso que muchos en esa perfección de dolor hayan echado mano a las inmortales palabras para alejarlo en ellas. De tal modo, en trincheras, en lazaretos, en desesperado y razonable rencor, creció el expresionismo. La guerra no lo hizo, mas lo justificó.

Vehemencia en el ademán y en la hondura, abundancia de imágenes y una suposición de universal hermandad: he aquí el expresionismo. Puede achacársele con justicia el no haber pergeñado obras perfectas. Entre los hombres que lo precedieron, resaltan tres —Karl Vollmoeller y los austríacos Rainer Maria Rilke y Hugo de Hofmannsthal— que han realizado esa proeza.

En los mejores poemas expresionistas hay la viviente imperfección de un motín.

Los patriotas afirman que el expresionismo es una intromisión judaizante. Explicaré el sentido de esa suposición.

El pensativo, el hombre intelectual, vive en la
intimidad de los conceptos que son abstracción
pura; el hombre sensitivo, el carnal, en la conti-
güidad del mundo externo. Ambas trazas de gente pueden recabar en las letras levantada eminen-
cia, pero por caminos desemejantes. El pensativo,
al metaforizar, dilucidará el mundo externo mediante las ideas incorpóreas que para él son lo entrañal e inmediato; el sensual corporificará los
conceptos. Ejemplo de pensativos es Goethe
cuando equipara la luna en la tenebrosidad de la
noche a una ternura en un afligimiento; ejemplos
de la manera contraria los da cualquier lugar de la
Biblia. Tan evidente es esa idiosincrasia en la Escritura que el propio San Agustín señaló: La divina sabiduría que condescendió a jugar con nuestra infancia por medio de parábolas y de similitu-
des ha querido que los profetas hablasen de lo
divino a lo humano, para que los torpes ánimos
de los hombres entendieran lo celestial por semejanza con las cosas terrestres.

(La teología —que los racionalistas despre-
cian— es en última instancia la logicalización o
tránsito a lo espiritual de la Biblia, tan arraigada-
mente sensual. Es el ordenamiento en que los
pensativos occidentales pusieron la obra de los
visionarios judaicos. ¡Qué bella transición inte-

lectual desde el Señor que al decir del capítulo tercero del Génesis paseábase por el jardín en la frescura de la tarde, hasta el Dios de la doctrina escolástica cuyos atributos incluyen la ubicuidad, el conocimiento infinito y hasta la permanencia fuera del Tiempo en un presente inmóvil y abrazador de siglos, ajeno de vicisitudes, horro de sucesión, sin principio ni fin.)

Considerad ahora que los expresionistas han amotinado de imágenes visuales la lírica contemplativa germánica y pensaréis tal vez que los que advierten judaísmo en sus versos tienen esencialmente razón. Razón dialéctica, de símbolo, donde la realidad no colabora.

Que tres poetas icen ahora sus palabras.

NOCHE EN EL CRÁTER

Un nubarrón, calavera sin la quijada, alisa el campo carcomido de cráteres.
En el molusco grieta palidece la arrugada perla enferma rostro
y resbala de la línea de trincheras, roto cordón que me tiene aún por ambas manos atado.
Siempre flanqueado de infinito, bostezan en mi costado las heridas de lanza.

*Ante los ojos los malos agüeros nerviosos de fuego a
    ras de tierra, como llamas de alcohol, un exorcis-
    mo para no sostenernos mucho tiempo en este
    heroico paisaje.*

*Junto a tantos escombros de cemento, bloques errá-
    ticos 1916-17, y escarpadas esferitas de luz, de-
    sesperado contra-exorcismo.*

*Las granadas de gas estallan como un intestino pin-
    chado.*

*Las trompas de las caretas limitan su horizonte al
    mínimum de existencia.*

*Alrededor del yelmo de acero el ventilador viento
    sopla*

tras de buscar inútilmente susurros en las forestas;

*aquí el lecho primordial de raíces ya que no mece la
    tierra,*

*sino la detonación de las minas, el final de la trayec-
    toria de terribles cometas,*

*encuentros calculados en no sé qué angustiosa as-
    tronomía,*

bajo las frentes crispadas como cinc rígido.

Las granadas de mano se arrojan por la borda.

Al amanecer surge como en alta mar un cadáver

*color de plata o agua. Para nosotros —cual un
    amuleto— íntimo e inmediato.*

Alfredo Vagts

CIUDAD

Sigue el ramaje de los vientos. Las aristas
de las esquinas van impeliendo las calles.
Curvas de luz ondeante deslumbran
espejadas por el brillo redondo de los villajes.
¡Derriba los colores! Desata la madeja
de los valles cansados. Hambriento queda
siempre algo eternamente igual en los deseos
que se atropellan hasta caer polvorientos.
Ya cada frente se revuelve en la red
de las frentes pulidas. Ya huye el movimiento
por los canales de follaje, matando aquellas
líneas entrelazadas que se pegan al cielo.

Werner Hahn

LA BATALLA DEL MARNE

Poco a poco las piedras dan en hablar
y en moverse.
Los pastos brillan como un verde
metal. Las selvas,
talanqueras bajas y espesas, tragan
columnas lejanas.

*Encalado secreto, amaga estallar todo
    el cielo.*
*Dos horas infinitas van desplegando
    minutos.*
Hinchado asciende el horizonte vacío.
*Mi corazon es amplio como Alemania y
    Francia reunidas.*
*Y lo atraviesan todas las balas del
    mundo.*
La batería levanta su voz de león.
Una y seis veces. Silencio.
En los lejos hierve la infantería.
*Durante días. Durante semanas
    también.*

Guillermo Klemm

(Soy yo el culpable de la españolización de los versos.)

Ejecución de tres palabras

San Agustín —hombre que invoco adrede para fortalecer la opinión de quienes me juzgan agusanado de antiguallas— escribió una vez que, en el discurso, habíamos de apreciar la verdad y no las palabras: *In verbis verum amare non verba.* Conjeturando que una verdad sin palabras, quiero decir un pensamiento sin enunciación, es un antojo asaz difícil, quizá convenga más parafrasear lo antedicho y apuntar prolijamente que en el discurso no hemos de consentir vocablos horros de contenido sustancial. Basta hojear un poema rubenista para convencerse que existen esas palabras fantásticas, más enclenques que una neblina y gariteras como naipe raspado.

Yo, ante la afrancesada secta de voces que em-

bolisman la charla, descalabran toda cuartilla y
salen fatalmente a relucir en las composiciones de
quienes se dedican a vocear nubes y a gesticular
balbuceos, he determinado alzar un Dos de
Mayo en estos apuntes. Apuntes que para la jerigonza ritual de los novecentistas serán un sínto-
ma de inquisición y unos garabatos de hoguera.
Empezaré quemando la palabra

INEFABLE

Este adjetivo sucede en todos los escritos, y es un
conmovedor desvarío de los que generosamente
lo desparraman el no haberse jamás parado a es-
cudriñarle la significación y desenterrarle la estirpe. *Inefable* es, por definición etimológica,
aquello que no alcanza las palabras.

Aplicarlo a cualquier sustantivo es, pues, una
confesión de impotencia, y escribir, por ejemplo,
tarde inefable, equivale a decir: *A mí no se me ocurre nada...* o *No he logrado encontrar el adjetivo
definidor de la tarde.* Además, como si ya no fuese bastante aventurada la viaraza de andar enjare-
tando una palabra que a semejanza de sus congé-
neres infinito, inenarrable, in-extenso, es una
simple casualidad gramatical permitida por la ar-

bitraria costumbre de conceder al prefijo *in* una significación negativa, los que así obran tienen la usanza perversa de llamar inefables a los momentos de máxima intensidad de sentir, que son precisamente los de más pronta expresión y constituyen la permanencia de la lírica y la tragedia. Inefable podría denominarse acaso la cotidianería de la vida, pero nunca los besos, las miradas y la contemplación del cielo.

Los que negando esto negaren la eficacia del lenguaje y creyeren que hay cosas inefables, deberán suspender acto continuo el ejercicio de la literatura y sólo despabilarse de vez en cuando las entendederas hojeando el *Ermitaño usado,* los poemas de Arrieta o cualquier otro consciente desbarajuste de frases... Ahora viene el zarpazo contra la palabra

Misterio

que es santo y seña de los poetas rebañegos. No desconozco las sofisterías que abogan en su favor: el prestigio teológico que la ensalza, la insinuación de las fiestas de Eleusis, la supuesta enormidad que encajona y lo demás. Con todo y a pesar de esas mentirosas ventajas, estoy con-

vencido que es una trampa su numeroso empleo.
Mis razones son éstas: La poesía no es para mí la
expresión de aquel azoramiento ante las cosas, de
aquel asombro del Ser que todos hemos sentido
tras de un suceso excepcional o sencillamente
después de una disputa metafísica, sino la síntesis
de una emoción cualquiera, que si es clara y pre-
cisa no ha nunca menester vocablos inhábiles y
borrosos como *misterio, enigma* y otros semejantes. El asombro e inquietud que esas palabras dicen es lo contrario del pleno adentramiento espiritual que la poesía supone: adentramiento que
no hay que confundir con las ligazones corrientes
que ata la ley de causalidad, pero que es tan real
como aquéllas. Tampoco hemos de arrimar la
poesía entera a la mística, según muchísimos han
hecho, e imaginar que el tal adentramiento equivale a un hallazgo de afinidades ocultas y paren-
tescos escondidos; en realidad, no hay tales ar-
mazones ni recovecos soterraños, y equivócanse
de medio a medio los que creen en el alma de las
cosas. Las cosas sólo existen en cuanto las advierte nuestra conciencia y no tienen residuo autóno-
mo alguno. La actividad metafórica es, pues, de-
finible como la inquisición de cualidades comunes a los dos términos de la imagen, cualidades
que son de todos conocidas, pero cuya coinci-

dencia en dos conceptos lejanos no ha sido vislumbrada hasta el instante de hacerse la metáfora. Así, cuando San Juan de la Cruz relata: *Y el ventalle de cedros aires daba,* la semejanza que establece entre un abanico y los árboles no está ni en la verdad científica ni en trabazones misteriosas y sí en la yuxtaposición de frescura y de apacible meneo: aspectos que todos —aisladamente— conocen.

Mi postrer ofensa va enderezada contra el universal y cortesano y debilitador vocablo

AZUL

que apicarado de gandules, frondoso de abedules y a veces impedido de baúles, se arrellana por octosílabas y sonetos en los sitiales donde antaño pontificaron los rojos con su arrabal de abrojos, rastrojos y demás asperezas consabidas.

Apareado a nombres abstractos el adjetivo *azul* nada dice. La indecisión que suelen mostrar esos nombres no ha menester las adicionales neblinas con las cuales el suso mentado epíteto las borronea. Bástame copiar un ejemplo —que pudiera también serlo de metáfora turbia— para señalar cómo la palabreja de que hablo, antes despinta que define. Dice un compatriota nuestro, en verso que ha espoleado admirativos asombros:

Esa fiebre azulada que nutre mi quimera

Y pues de azul hablamos, aludiré a cierta controversia de tintorería literaria que nos alborota desde hace un siglo y cuyo sujeto es el color de la noche. Desde que Juan Pablo Richter lo proclamó, la noche es azul. Antes fue sempiternamente renegrida. La tal contrariedad escandaliza a Martínez Sierra, que en no sé qué recoveco de su *Glosario espiritual* increpa a los poetas que durante tanto tiempo amancillaron con adjetivación proterva el cielo nocturno y les acusa de no haberlo jamás contemplado. Yo no creo tal cosa. Y pues el altercado no atañe propiamente a la pintura sino a las letras, no hemos de resolverlo asomándonos al patio y clavando nuestra curiosidad en las alternativas del cielo. Hemos de meditar el asunto que alguna significancia tiene, aunque mínima.

Yo, por mi parte, me arrimo a la siguiente componenda: Ambos bandos —nochinegristas y nochiazulistas— llevan razón. Los clásicos tuvieron de la noche un concepto de cosa dura, lóbrega, hostil, que halló cabida en lo de *negro,* útil además como antítesis del esplendor que muestra el día. *Ciega noche,* afirmó Quevedo. *Noche cansada... noche pavorosa,* escribió Shakespeare. Los románticos la consideraron en cambio como una época de placentera mansedumbre o de felina suavidad e hicieron bien en azulearla. *La noche sobre el mundo vivamente se abate / con sus cálidas sombras y su olor de combate,* declara Lugones, literalizando la visión antedicha.

(Oh fácil y acariciador y dulce traslado que emancipando de su horror antiguo la noche, la vuelves comparable no a la ceniza fatigosa del día que ardió en hoguera del poniente, sino a la selva que conmovida de activísima savia florecerá en regalo de aurora, oh tú, metáfora bisoña que has trasmutado en arrimadero de besos la carcelaria y dura tiniebla, en increpándote, vuélvase dulzura mi burla, pues de las hondonadas del corazón me despiertas las noches de la patria, fragantes como un ramo de alhucema y aventureras como un barco sin rumbo.)

Con este brusco empellón lírico doy fin a las apuntaciones presentes, encomendando a algún estudiantón de mal humor, buenos odios, breve inventiva y voluntad berroqueña la escritura de

un libro que podría intitularse *Hospicio de palabras desahuciadas*. Para compaginarlo basta en-
ristrar en orden alfabético todas las palabras que
ha escrito en el decurso de su vida Rafael Lasso de
la Vega y remacharles notas puntiagudas.

Advertencias

Una retórica que partiese no del arreglamiento de los sucesos literarios actuales a las formas ya prefijadas de la doctrina clásica, sino de su directa contemplación y que legislase la greguería, la novela confesional y la figuración contemporánea de las formas de siempre, fue ambición de mi pluma. EXAMEN DE METÁFORAS *es un capítulo de esa posible retórica.*

LA NADERÍA DE LA PERSONALIDAD *y* LA ENCRUCIJADA DE BERKELEY —*los dos escritos metafísicos que este volumen incluye— fueron pensados a la vera de claras discusiones con Macedonio Fernández.*

La INTERPRETACIÓN DE SILVA VALDÉS *señala la flaqueza principal que a este eficaz poeta puede achacársele: el no cantar de corazón adentro y el arrimarse a algún trebejo criollo que ya privilegiaron otros cantores.*

La página llamada NORAH LANGE *fue prefación del libro de poesías que ella compuso. Éste y demás escritos autobiográficos* —E. GONZÁLEZ LANUZA, DESPUÉS DE LAS IMÁGENES *y algún otro— pueden servir de añadidura a los estudios más prolijos que sobre la lírica de hoy publicarán nuestro Evar Méndez y Guillermo de Torre.*

BUENOS AIRES *fue abreviatura de mi libro de versos y la compuse el novecientos veintiuno.*

Índice

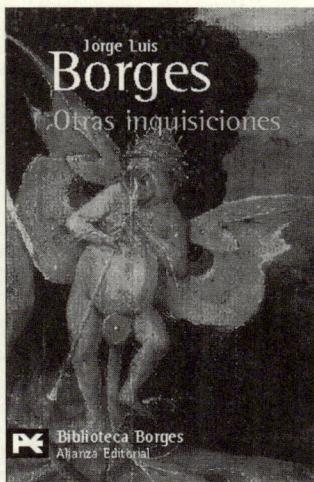

Jorge Luis
Borges
Otras inquisiciones

Biblioteca Borges
Alianza Editorial

BA 006

Los textos reunidos en OTRAS INQUISICIONES
tocan temas muy queridos de Jorge Luis
Borges: las relaciones entre espacio y tiempo, la
previsión del futuro, la eternidad, el suicidio y
la redención, el infinito, la lectura cabalista de
la Escritura, los nombres de Dios, el infierno, el
panteísmo, la leyenda de Buda, el sabor de lo
heroico, la refutación del tiempo, etc.
Completan el volumen ensayos sobre Quevedo,
Coleridge, Cervantes, Nathaniel Hawthorne,
Paul Valéry, Oscar Wilde, Chesterton, H.G.
Wells, Franz Kafka, John Keats, Bernard Shaw y
William Beckford.

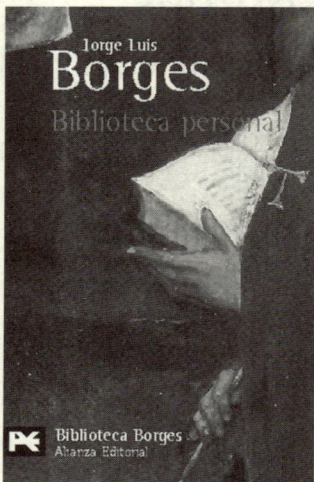

Jorge Luis
Borges
Biblioteca personal

BA 007

En el momento de su fallecimiento, Borges había completado los prólogos a los primeros sesenta y cuatro títulos de una selección de cien que habrían de constituir una colección cerrada escogida por él mismo. De estos textos, testimonio de sus preferencias literarias, escribió: «Deseo que esta biblioteca sea tan diversa como la no saciada curiosidad que me ha inducido, y sigue induciéndome, a la exploración de tantos lenguajes y de tantas literaturas».

Jorge Luis
Borges

Antología poética
1923-1977

Biblioteca Borges
Alianza Editorial

BA 008

ANTOLOGÍA POÉTICA 1923-1977 reúne una selección de poemas que, excluyendo cualquier enfoque académico, llevó a cabo el propio Jorge Luis Borges: «Yo desearía que este volumen fuera leído sub quadam specie æternitatis, de un modo hedónico, no en función de teorías, que no profeso, o de mis circunstancias biográficas. Lo he compilado hedónicamente; sólo he recogido lo que me agrada o lo que me agradaba en el instante en que lo elegí.»